귀멸의 칼날

노벨라이즈

~최종 결전과 네즈코의 각성 편~

고토게 코요하루 · 원작 / 그림
하노 마키미 · 글

학산문화사

등장인물 소개
카마도 탄지로
누이동생을 구하고 가족의 복수를 목표로 삼은 마음씨 착한 소년. 도깨비나 상대방의 급소 등을 '냄새'로 알아낼 수 있다.
카마도 네즈코
탄지로의 누이동생. 키부츠지 무잔에 의해 도깨비가 되었지만, 태양을 극복했다.
아가츠마 젠이츠
탄지로의 동기. 겁이 많은 성격이지만, 각오를 다지고 도깨비에게 맞서 싸운다.
하시비라 이노스케
귀살대 대원. 멧돼지 가죽을 뒤집어쓰고 다니고, 매우 호전적.
츠유리 카나오
귀살대 대원. 충주 코쵸우 시노부를 친언니처럼 여긴다.
시나즈가와 겐야
탄지로의 동기. 도깨비를 잡아먹음으로써 발휘되는 특이 체질을 지녔다.

귀멸의 칼날

노벨라이즈
~최종 결전과 네즈코의 각성 편~

고토게 코요하루 원작·일러스트
하노 마키미 지음

목차

키부츠지 무잔을 적대하는 도깨비

유시로

타마요를 흠모하는 도깨비 청년. '눈가리개' 혈귀술을 사용한다.

타마요

키부츠지 무잔의 목숨을 노리는 수수께끼의 여성. 무잔에게 '도깨비를 인간으로 돌려놓는 약'을 주입했다.

키부츠지 무잔과 상현 도깨비

키부츠지 무잔

네즈코를 도깨비로 바꿔 놓은 인물이자 탄지로의 숙적. 평소에는 인간 행세를 하며 살고 있다.

상현 4 나키메

특기는 탐지와 탐색 능력. 비파를 연주해서 무한성을 조작한다.

귀살대

주 귀살대에서 가장 지위가 높은 검객을 말한다.

토미오카 기유

'수주(水柱)'. 탄지로를 귀살대로 이끌었으며, 그 이후로 그를 신경 쓴다.

코쵸우 시노부

'충주(蟲柱)'. 도우마와의 싸움에서 목숨을 잃는다.

우부야시키 카가야

귀살대의 정점에 선 인물. 탁월한 선견지명을 지녔다.

시나즈가와 사네미

'풍주(風柱)'. 겐야의 형. 도깨비로 변한 어머니를 죽인 과거가 있다.

히메지마 교메이

'암주(岩柱)'. 항상 염주를 손에 들고 합장한 채 염불을 외우고 다닌다.

우부야시키 키리야

세상을 떠난 아버지, 카가야를 대신해 귀살대를 지휘하는 현 당주.

이구로 오바나이

'사주(蛇柱)'. 항상 뱀 '카부라마루'와 함께 행동한다.

칸로지 미츠리

'연주(戀柱)'. 백년해로할 남성을 찾기 위해 귀살대에 들어왔다.

토키토 무이치로

'하주(霞柱)'. 칼을 잡은 지 두 달 만에 주가 되었다. 싸움을 통해 기억을 되찾았다.

단련을 위해 '주 훈련'에 임한 탄지로 일행. 그러나 마침 그때 키부츠지 무잔이 우부야시키 저택을 습격한다. 귀살대와 손을 잡은 타마요가 무잔에게 '도깨비를 인간으로 돌려놓는 약'을 주입하지만, 무잔은 귀살대를 무한성으로 끌고 들어간다…!

시노부가 상현2 도우마와 싸우다 목숨을 잃었지만, 이노스케와 카나오가 그 원수를 갚는다.

히메지마, 사네미, 무이치로, 겐야가 상현1과 싸우지만 그 대가는 너무나 크고…?

지난 줄거리

때는 다이쇼. 숯을 파는 소년 탄지로는 어느 날 가족이 도깨비에게 몰살되고 누이동생 네즈코는 도깨비로 돌변하고 만다.

탄지로는 '최종 선별'을 돌파해서 도깨비를 사냥하는 조직 '귀살대'의 대원이 된다!

귀살대원이 된 탄지로는 '주(柱)'와 동료들과 함께 수많은 도깨비들을 쓰러트린다…!

다이쇼 시대의 어느 눈 내리는 날.

숯구이 집안에서 태어난 카마도 탄지로에게 갑작스러운 비극이 닥친다.

식인 도깨비의 시조 키부츠지 무잔이 나타나 어머니와 어린 동생들을 몰살한 것이다.

가족의 원수를 갚기 위해, 그리고 살아남았지만 도깨비가 되어 버린 여동생 네즈코를 인간으로 돌려놓기 위해서 탄지로는 도깨비를 토벌하는 정부 비공인 조직 '귀살대'에 입대한다….

도깨비는 불로불사다. 심한 부상을 입어도, 팔다리를 잃어도 금방 재생한다.

하지만 약점도 있었다.

태양빛의 힘을 담은 '일륜도'로 목을 치는 것과, 햇볕을 쬐게 하는 것.

이 2가지 약점을 노리기 위해 귀살대원은 일륜도를 가지고, '전집중의 호흡'을 갈고닦아 싸워 왔다.

그리고 드디어 시대는 움직이기 시작했다.

무잔이 이끄는 도깨비들 중에서도 최강이라 불리는 '상현 도깨비'를 차례차례 치는 데 성공한 것이다.

대략 100년이라는 세월 동안 쓰러트리지 못했던 상현 도깨비를.

그러나 모든 도깨비를 통솔하는 키부츠지 무잔이 아직 남아 있었다.

그는 지금 본거지인 '무한성' 내부에 몸을 숨겼다.

그 몸에 '도깨비를 인간으로 돌려놓는 약'이 주입된 상태로.

한편, 마찬가지로 무한성 내부에 있는 탄지로를 비롯한 귀살대는 열심히 무잔의 행방을 쫓았다.

그들 귀살대의 바람은 오직 하나.

도깨비에게 소중한 사람들을 잃는 슬픔이 더 이상 되풀이되지 않는다.

모두가 안심하고 살 수 있는 세상을 만들고 싶다.

무슨 수를 써서라도.

그 강렬한 소망을 가슴에 품고 귀살대는 맞선다.

렌고쿠 쿄쥬로와 코쵸우 시노부, 큰 어르신 가족과 동료들.

뜻을 이루지 못하고 목숨을 잃은 그들의 마음도 함께 데리고서.

귀멸의 칼날

제 1 화 형을 사랑하고, 동생을 사랑하고

무한성. 그곳은 도깨비의 우두머리 키부츠지 무잔이 거처하는 본거지다.

성 안, 검은 기둥들이 죽 늘어선 광대한 어느 방에서는….

상현1 코쿠시보가 히메지마 교메이, 시나즈가와 사네미, 토키토 무이치로, 그리고 사네미의 동생인 시나즈가와 겐야에게 토벌되어 먼지로 변해 사라졌다.

전투의 상흔이 남은 그 방에 암주(岩柱) 히메지마 교메이의 포효가 울려 퍼졌다.

"시나즈가와!! 일단 공격을 멈춰 봐!! 도깨비는 더 이상 재생하지 않아!"

그러나 풍주(風柱) 시나즈가와 사네미는 쉬이이익 하는 호흡음과 함께 칼을 들고 코쿠시보가 있던 부근을 향해 달려갔다.

"!!"

히메지마는 사네미의 상태가 이상하다는 것을 알아차렸다. 의식을 잃은 상태로 움직이고 있는 것이다.

"시나즈가와!! 끝났어!!"

사네미의 몸을 꽉 붙들었지만, 그는 여전히 격하게 움직이려 했다.

"상현1은 쓰러뜨렸어!! 싸움은 끝났어. 이제 끝났다고!!"

그제야 히메지마의 목소리가 닿았는지, 움직임을 멈춘 사네미의 몸에서 힘이 쭉 빠졌다.

'믿을 수가 없군…!! 의식을 잃고도 여전히 계속 움직이다니.'

이번에야말로 확실히 기절한 사네미를 그 자리에 눕힌 뒤에 히메지마는 주변을 둘러봤다.

'겐야… 토키토….'

겐야의 기척을 느끼고 일어섰다. 그는 상반신을 세로로 베여서 몸의 왼쪽만 남은 상태로 피 웅덩이 가운데에 쓰러져 있었다. 그런 몸으로 아직 살아 있기는 했다.

"히메…지마… 씨…."

히메지마가 달려오자 겐야는 미약한 목소리를 냈다. 그것이 최대한 쥐어짜낸 목소리인 듯했다.

이제는 손가락 하나도, 눈동자마저도 움직일 수 없었다. 전투 중에 코쿠시보의 머리카락과 칼 조각을 먹어서 붉게 물들어 버렸던 눈도 지금은 인간의 눈으로 돌아왔다.

"형은… 토키토 씨…는…."

"우린 살아 있어. 괜찮아."

큼직한 손을 겐야의 어깨에 올리고 강건한 목소리로 격려했다.

"토키토는… 토키토는…."

"……."

히메지마는 저 멀리 바닥 위에 쓰러져 있는 무이치로 쪽을 바라봤다.

몸통이 두 동강 나고도 코쿠시보에게 끈질기게 매달려 있던 무이치로. 칼을 붉게 변화시켜서 도깨비의 재생력을 둔화시키는 데 성공했던 무이치로. 그는 포기하는 법 없이 싸웠다. 그야말로 마지막의 마지막까지….

그러나 그 생명은 이미 다한 뒤였다.

그런데도 아무것도 모르는 겐야는 필사적으로 무이치로를 걱정했다.

“저…는… 됐…으니까… 토키토 씨부터… 치료…를…. 빨…리….”

“…….”

뭐라고 대답해야 할지 몰라 먹먹해진 히메지마의 눈에서 전투 중에는 흐르지 않았던 눈물이 흘러넘쳤다.

‘이런 상태로도 여전히 살아 있다니…. 도깨비를 집어삼킨 탓인가…?’

겐야를 안심시키려고 머리를 쓰다듬었다.

‘하지만 그 효력도 출혈과 더불어 거의 빠져나갔다….’

인간으로 돌아오는 중이라면, 겐야의 목숨은 이제 얼마 남지 않았다. 지금 할 수 있는 일을 최대한 해 주고 싶었다.

‘희혈인 시나즈가와를 옆에 두더라도 아마 별 지장 없겠지.’

히메지마는 자리에서 일어나 실신해 있는 사네미의 몸을 들어서 데려왔다. 그리고 겐야의 바로 옆에 눕혔다.

“혀…엉….”

겐야는 움직이지 못하는 눈에 형의 모습을 담으려 애썼다.

“살아… 있구나…. 다행…이다….”

형제를 그 자리에 남기고, 히메지마는 무이치로 곁으로 갔다.

그의 곁에 무릎을 꿇고 앉아 ‘나무아미타불’이라고 적힌 두루마기를 벗고는 조심스레 몸 위에 덮어 줬다. 그리고 마치 어린아이를 재우는 것처럼 머리를 쓰다듬었다.

“토키토… 다 너희 덕분이다….”

무이치로는 이제 두 번 다시는 대답을 할 수 없었다. 눈을 뜬 채로 숨이 끊어졌다.

“너희 덕분에 이길 수 있었어…. 진심으로 감사와 존경을….”

히메지마는 자세를 고쳐 앉았다. 목이 메서 말이 자꾸 끊겼다.

“어린 몸으로… 정말… 끝까지 훌륭하게….”

여기서 또다시 말을 멈추고 눈물을 흘렸다.

“기필코 무잔을 쓰러뜨리고 그리로 가마. 안심하고 잠들어라.”

그렇게 말하고 손바닥으로 무이치로의 눈꺼풀을 부드럽게 어루만져서 눈을 감겼다.

무이치로가 눈을 뜨자… 무척이나 신비한 장소에 서 있었다.

잘린 몸은 이미 감쪽같이 붙어 있고, 더 이상 아무 데도 아프지 않았다. 게다가 입고 있는 것은 대원복이 아니라 옛날에 곧잘 입었던 안개 무늬 기모노였다.

하늘에서는 가을빛의 은행잎이 끊임없이 쏟아져 내려서 마치 귀살대에 들어오기 전에 살았던 산에 있는 것 같았다. 부모님과 쌍둥이 형 유이치로. 넷이서 오순도순 살았던 그 산에.

바로 그 유이치로가 어째선지 눈앞에 서 있었다. 색깔만 다른 기모노를 입고서. 무이치로는 눈을 동그랗게 떴다.

"형…."

"이쪽으로 오지 마. 돌아가!!"

유이치로는 눈물을 뚝뚝 흘리며 울고 있었다. 울면서 그렇게 소리쳤다.

느닷없이 박대를 당한 무이치로는 그 자리에 얼어붙었다. 이윽고 눈물이 또르륵또르륵 흘러넘쳤다.

"왜? 내가 얼마나 애썼는데… 칭찬 안 해 줄 거야?"

"왜냐고? 오히려 내가 더 묻고 싶다. 도망쳤어야 했어. 넌 아직 14살이라고."

똑같은 얼굴, 똑같은 키였던 형이 지금은 무이치로보다 약

토키토….
다 너희
덕분이다….
너희 덕분에
이길 수
있었어….
진심으로
감사와
존경을….
어린 몸으로…
정말…
끝까지
훌륭하게….
…….
기필코 무잔을
쓰러뜨리고
그리로 가마.
안심하고
잠들어라.

형….

간 작았다. 그 정도 키일 때 죽었기 때문이다.

"동료를 버리고 도망칠 순 없어."

"굳이 네가 죽을 필요는 없었어."

유이치로는 흐르는 눈물을 닦지도 않고 화를 냈다.

"이런 데서 죽어서 뭘 어쩌려고? 개죽음이야. 이렇게 되면, 네가 뭐 때문에 태어난 건지 알 수 없잖아."

"형은 11살 때 죽었잖아. 나보다 형이 훨씬 더 불쌍해. 내가 뭐 때문에 태어난 건지, 그건 나 자신도 잘 알아."

무이치로도 울었다. 떨리는 목소리로, 그러나 힘주어 말했다.

"난 행복해지기 위해 태어난 거야."

유이치로를 죽인 도깨비는 둘에게 이렇게 말했다. '있어도, 없어도. 하등 달라질 게 없는 시시한 목숨'이라고. 하지만 그 말은 틀렸다. 절대로 시시한 목숨이 아니었다. 누가 됐건 사람은 모두 행복해지기 위해서 태어났으니까.

"형도 그런 거지? 아니야? 행복하지 않았어? 행복한 순간이 단 한 번도 없었어?"

입을 다물고 자신을 빤히 바라보는 형을 향해 무이치로는 말을 계속했다.

"난 행복했어. 가족 넷이서 살던 시절도."

가난한 살림이었지만, 네 식구는 자주 함께 웃곤 했다.

"외톨이가 된 뒤로는 힘든 일도, 괴로운 일도 많았지만, 동료가 생기면서 난 즐거웠어. 또다시 웃을 수 있게 되었어. 행복하다는 생각이 드는 순간이 이루 헤아릴 수 없을 만큼 많았어."

큰 어르신은 가족도 기억도 잃어버린 무이치로를 언제나 다정하게 격려해 줬다.

기억을 되찾은 이후로는 귀살대 동료들과 보내는 그리 특별할 것도 없는 한때가 무이치로에게 기운을 북돋아 줬다.

"그런데도 안 돼? 난 뭐가 됐든 도망치지 않았고, 시선을 돌리지도 않았어. 동료들을 위해 목숨 건 일에 후회 따윈 없어."

짧은 인생이었을지언정 행복했다. 무이치로는 고개를 숙이고 흘러넘치는 눈물을 손등으로 닦았다.

"개죽음이라고 하지 마. 다른 누군가한테는 무슨 소릴 들어도 상관없지만, 형만은 그런 식으로 말하지 마."

유이치로가 조용히 다가와서 무이치로의 어깨에 양손을 올렸다.

"미안해…. 알아. 그래도 난."

그렇게 말하고는 눈물을 흘리며 무이치로의 몸을 끌어안았

난
행복해지기
위해
태어난 거야.
형도
그런 거지?
아니야?
행복하지 않았어?
행복한 순간이
단 한 번도 없었어?
난 행복했어.
가족 넷이서
살던 시절도.

다.

"네가 죽지 않길 바랐던 거야…."

귓가에서 들린 그 말이 무이치로의 마음을 따스하게 감쌌다.

"무이치로 너만은…."

무이치로도 울면서 형을 얼싸안았다.

두 사람의 머리 위로 선명한 빛깔의 은행잎이 하늘하늘 떨어져 내려서, 발밑에는 노란색 융단이 깔린 것 같았다.

두 사람은 한참을 울다가 눈물이 멎은 뒤에는 분명 손을 꼭 붙잡고 달려갈 것이다. 먼저 이쪽에 와 있던 부모님 곁으로.

가족 넷이서 함께 웃으며 살았던, 그 어린 시절의 모습으로 돌아가서….

실신했던 사네미가 천천히 눈을 떴다.

그러나 그 눈에 비친 것은… 쓰러진 채 꿈쩍도 하지 않는 겐야의 모습.

"으아아아아아아아!!"

개죽음이라고
하지 마.
다른 누군가한테는
무슨 소릴 들어도
상관없지만,
형만은
그런 식으로
말하지 마.
미안해….
알아.
그래도 난
네가 죽지 않길
바랐던 거야….

사네미의 절규가 메아리쳤다. 화들짝 놀라서 황급히 몸을 일으켰다.

"어떻게 된 거야, 빌어먹을!!"

피 웅덩이 속에 누워 있는 동생. 그 상반신은 왼쪽 절반밖에 남아 있지 않았다. 이런 상태의 몸을 안아 일으켜도 되는 것인지 알 길이 없어 양손은 공중에서 허우적거릴 뿐이었다.

"몸이… 왜 도깨비처럼 몸이 바스러져? 아아아아, 제기랄!! 제기랄!!"

도깨비를 먹으면 도깨비의 특징을 몸에 받아들이고 만다. 지금 겐야의 몸은 도깨비처럼 그 형태를 잃기 시작했다. 파스스 무너져 내린 파편이 공중에 흩날렸다.

겐야가 가냘픈 목소리로 말했다.

"혀…엉…."

"괜찮아. 어떻게든 해 줄게! 형이 어떻게든 해 줄게!"

"…혀…엉…."

부릅뜬 겐야의 눈에서 눈물이 흘러넘쳤다.

"미안…해…."

시력을 잃고 있는지, 겐야는 어느 한 점만을 똑바로 응시한 채였다.

"그…때… 형을… 비난해서… 미안해…."

그때란… 사네미가 도깨비로 변한 어머니를 죽인 날.

겐야는 사네미를 향해 '살인자'라고 소리쳤다. 하지만 그것은 어쩔 수 없는 일. 겐야는 도깨비가 어머니였다는 사실을 몰랐고, 동생들이 살해당해서 혼란스러운 상태였다.

"민폐만… 끼쳐서… 미안해…."

"민폐 따윈 하나도 안 끼쳤어!! 죽지 마!!"

겐야의 몸 위로 눈물을 뚝뚝 흘리면서 사네미는 부르짖었다.

"나보다 먼저 죽지 마!!"

동생은 가정을 꾸리고 가족을 늘려 호호 할아버지가 될 때까지 살기를 바랐다. 어머니와 동생들이 더 살지 못했던 시간만큼 행복하게 살았으면 했다. 그랬건만, 어째서냐. 어째서….

사네미는 겐야의 머리를 부서지기 쉬운 물건을 만지듯이 양손으로 덮었다. 이미 뒤통수부터 귀까지 사라지고 없었다.

"지켜… 줘서… 고마…워…."

"못 지켰잖아!! 이 바보야!! 아아아아, 빌어먹으으을!!"

부드럽고 무너지기 쉬운 모래 산을 떠받치듯이, 무너져 내리는 동생의 머리를 받쳤다. 그러나 그 손가락 사이로 파편은

그…때…,
형을…
비난해서…
미안해….
민폐만…
끼쳐서…
미안해….
민폐 따윈 하나도 안 끼쳤어!!
죽지 마!!
나보다 먼저 죽지 마!!
지켜…줘서…
고마…워….
못 지켰잖아!! 이 바보야.
아아아아, 빌어 먹으으을!!

사락사락 흘러내렸다. 아무리 떠받쳐도 붕괴는 멎지 않았고, 파편을 모으려 해도 사라져 버렸다.

"형…이… 날… 지켜 주려… 해 준… 것처럼… 나도… 형…을… 지켜 주고… 싶었어…."

이제는 머리카락도, 뺨도 무너져 없어졌다. 사네미는 어찌할 바를 몰라 눈물만 흘렸다.

"같은… 심정…인… 거야…. 형제…라서…."

겐야의 눈꺼풀이 서서히 감겼다.

"그간 괴로운… 일… 많이… 겪은… 형…은… 제발… 행복해…졌으면… 좋겠어…. 안 죽었으면… 좋겠어…."

사네미의 손이 떨렸다. 아무것도 할 수 없었다. 사라져 가는 동생을 지켜보는 것밖에는.

"우리… 형…은…."

겐야는 마지막 힘을 쥐어짜서 말을 이었다. 그 모습을 지켜보는 사네미는 이를 꽉 깨물고 눈물이 흘러넘치는 눈을 부릅떴다.

"이 세상에서… 제일… 마음씨 착한… 사람…이니까…."

"아아아아, 제발 부탁이야, 신이시여!"

우리…
형…은…
이 세상에서…
제일…
마음씨 착한…
사람…
이니까….
아아아아,
제발
부탁이야,
신이시여.
제발,
제발,
내 동생
데려가지 말아줘,
제발
부탁이니까!!!
고…
마…
워….
혀…
엉….

사네미는 사신으로부터 지켜 내려는 듯이 겐야의 몸을 자신의 몸으로 덮으며 목이 터져라 외쳤다.

"제발, 제발, 내 동생 데려가지 말아 줘, 제발 부탁이니까!!!"

그러자 사네미의 가슴 밑에서 소리가 났다. 이미 몸이 거의 다 사라져 버린 겐야의 목소리가.

"고…마…워…. 혀…엉…."

그것이 마지막 말이었다.

파사삭….

간신히 남아 있던 겐야의 몸이 힘이 다한 듯이 무너졌다. 하늘하늘 날아가는 동생의 파편을 사네미는 필사적으로 붙잡아 모으려 했다.

하지만 그것은 손가락 사이로 빠져나가 거품처럼 덧없이 사라져 버렸다.

"아아아아아, 겐야!! 아악, 으아악…!"

바닥에 남겨진 동생의 대원복을 사네미는 덥석 끌어안았다.

"겐야…!!!"

사라져 버렸다. 먼지로 변하고 말았다. 목숨을 걸고 지키고 싶었던 겐야가, 어머니와 다른 동생들이 있는 곳으로 가 버렸다….

사네미는 속이 텅 빈 대원복을 품에 꼭 안았다.

"아아아아… 아아아!!"

웅크려 앉아 포효하는 사네미의 뒤로 어느샌가 히메지마가 와서 서 있었다.

"…시나즈가와. …이제 가야 해."

힘없이 어깨를 늘어트린 사네미의 뒷모습은, 두루마기의 '죽일 살(殺)'이라는 글자가 잘 보이지 않을 만큼 피로 뒤덮여 더럽혀져 있었다. 칼에 베여서 얼굴에 상처가 난 히메지마도 피를 흘렸다.

두 사람 모두 만신창이였다. 제자를, 동료를, 가족을 잃은 슬픔으로 가슴이 찢어질 듯이 아팠다. 하지만, 그렇다 할지라도.

"고개 들어라."

히메지마는 눈물을 흘리면서 담담히, 그러나 단호한 어조로 말했다.

"무잔을 쓰러뜨릴 때까지 끝난 게 아니야."

상현3 아카자를 쓰러트린 탄지로와 토미오카 기유.

그들은 무잔이 숨어 있는 장소를 향해 무한성 내부를 열심히 달리는 중이었다.

이 두 사람 역시 만신창이였다. 탄지로는 머리에 붕대를 감은 상태였고, 기유도 셀 수 없을 정도로 많은 곳에 부상을 입었다.

심지어 기유의 일륜도는 아카자의 주먹을 맞아 부러져서 지금은 절반밖에 남지 않았다.

한참을 달리고 있으려니 그들의 머리 위로 '종이눈'을 목에 매단 꺾쇠 까마귀 한 마리가 날아갔다.

상현1을 쓰러트렸다는 소식, 그리고 무이치로와 겐야가 숨졌다는 소식을 알리면서….

달리는 탄지로의 눈에서 눈물이 터져 나왔다.

'다들 죽어 버린다.'

수줍은 듯이 웃는 겐야의 얼굴이, 천진난만하게 웃는 무이치로의 얼굴이 머릿속에 생생히 떠올랐다.

'정신 바짝 차려.'

탄지로는 자신을 질타했다.

'앞을 쳐다보며 무조건 달려. 최후의 최후까지 끝까지 싸우

자. 모두가 그랬듯이, 나도 그럴 것이다. 망설임은 없다….'

눈물을 뚝뚝 흘리면서 탄지로는 앞서 달리는 기유의 뒷모습을 쫓아갔다.

'설령 불완전한 상태라 할지라도. 나는… **물려받지 못한 사람**이었다.'

아카자를 쓰러트린 뒤에, 렌고쿠 쿄쥬로의 동생인 센쥬로가 보낸 편지를 읽었다. 꺾쇠 까마귀가 가져다준 것이었다.

거기에는 렌고쿠 가에 전해 내려오는 '역대 염주의 서'의 내용이 적혀 있었다.

당시의 염주(炎柱)와 '해의 호흡'의 검객이 나눈 대화에 따르면 '히노카미 카구라', 다시 말해 '해의 호흡'에는 13가지 형태가 있다는 것이다.

'센쥬로의 편지를 보고 알았다. 13가지 형태가 있는 히노카미 카구라를 나는 12개까지밖에 모른다.'

하지만, 그래도.

'나는 기필코 무잔을 쓰러뜨릴 것이다. 모두를 위해서라도 나는… 우리는….'

그들은 쉬지 않고 달렸다.

무잔을 쓰러트리기 위해서.

그 무렵, 사령탑 역할을 하는 지상의 우부야시키 저택에서는….

“안 되겠다. 제때 못 가겠어. 타마요 씨가 못 버텨.”

이마에 종이눈을 붙인 우부야시키 키리야가 얼굴을 험악하게 일그러트렸다.

타마요는 도깨비다. 하지만 무잔에게 깊은 원한을 품은 도깨비였다. 아름답고 덧없어 보이는 외모와는 달리 복수할 기회를 호시탐탐 노려 왔다. 수백 년이나 되는 세월 동안.

타마요는 무잔에 의해 도깨비가 되었지만, 어느 순간 그의 지배로부터 벗어나는 데 성공했다. 하지만 그 사이에 자신의 남편과 아이를 잡아먹고, 수많은 인간을 죽이고 말았다. 그 죗값을 치르기 위해서 그녀는 오랫동안 도깨비에게 작용하는 약을 연구해 온 것이다.

타마요가 도깨비로 만든 인간이 딱 한 명 있다. ‘종이눈’을 만들어 낸 유시로였다.

두 사람의 인연은 병을 앓던 유시로가 타마요에게 치료를 받으면서 시작되었다. 증세가 악화되어 끝내 죽음의 문턱까지 갔을 때, 유시로는 타마요와 함께 살아가고 싶다고 청해서 도깨비가 되는 길을 선택했다.

그리고 귀살대에 협력하게 된 두 사람.

타마요는 증오스러운 무잔을 치기 위해 우부야시키 카가야가 계획한 자폭 작전에 가세했다. 한자리에 붙들어 둔 무잔의 배에 자신의 팔을 박아 넣어서 '도깨비를 인간으로 돌려놓는 약'을 주입한 것이다.

이로써 승패가 갈린 것처럼 보였다. 그러나 무잔은 타마요의 몸을 흡수한 채, 귀살대까지 함께 끌어들여서 이 무한성으로 떨어졌다….

키리야 남매는 종이눈을 통해 전달되는 정보를 바탕으로 성내의 이변을 감지했다.

"무잔이 부활한다."

키리야가 그렇게 말하자, 그의 왼편에 앉은 여동생 쿠이나가 탁자에 펼쳐 놓은 도면에서 눈을 떼지 않은 채 외쳤다.

"대원들 제1진이 곧 도착합니다!"

뒤이어 오른편에 앉은 다른 한 명의 여동생 카나타도 소리쳤다.

"제2진도 추후에 바로!"

키리야는 도면에서 고개를 들고 숨 가쁘게 두뇌를 회전시켰다. 판단을 그르치면 대원들이 목숨을 잃게 된다.

"……!"

불현듯 뭔가를 깨닫고 뒤쪽의 여동생들에게 몸을 돌렸다.

"잠깐만! 가지 마. 멈춰!"

"네?"

깜짝 놀라는 카나타와 쿠이나에게 키리야는 심상치 않은 분위기로 다그쳤다.

"무잔 쪽으로 보내지 마!! 주들이 올 때까지 대기 명령해!!"

그러나 때는 이미 늦었으니….

지금 무잔은 무한성의 가장 안쪽, 깊고 깊게 뻥 뚫린 공간에 있었다. 그 공간은 몇 층이나 되는 방들을 관통했다. 주위를 에워싼 방은 하나같이 바닥에 천장 판자가 있거나, 천장에 맹장지가 나 있는 등 무한성의 다른 방들처럼 기묘한 구조였다.

그 이질적인 공간에 무잔이 만든 거대한 살덩이가 매달려 있었다. 살덩이는 촉수 같은 것을 몇 줄이나 뻗어서 주위 방에 달라붙어 공중에 떠 있었다.

살덩이 고치.

이 고치 속에서 무잔은 약을 분해하는 중이었다. 타마요를 몸속에 집어삼킨 채로.

제1진 대원들은 키리야가 지령을 내리기 전에 그곳에 도착했다.

위아래 합쳐서 대략 3~4층에 나뉘어 도착한 대원들은 중앙부에 떠 있는 살덩이 고치를 발견하고 저마다 소리쳤다.

"이거다!! 찾았어!!"

"무잔이다!"

살덩이 고치. 그 표면에는 혈관 같은 힘줄이 퍼져 있고, 기분 나쁘게 번들거렸다.

"칼날이 안 닿아!!"

누군가가 말했다. 고치는 뻥 뚫린 공간 중심에 자리했고, 대원들이 있는 어떤 지점에서도 떨어진 위치였다.

"진정해!!"

"누군가 뛸 수 있어? 저기까지."

"그보다 일단 사방팔방에 다릴 걸치고 있는 이 살부터 잘라."

벽에 착 달라붙은 촉수 같은 살을 자르면 고치를 아래로 떨어트릴 수 있을지도 몰랐다.

"잠깐만!! 잠깐만 기다려!! 대기 명령이 떨어졌어!!"

그러자 꺾쇠 까마귀로부터 지령을 들은 장발의 대원이 모두를 향해 지시 사항을 외쳤다. 그의 발밑에 내려앉은 꺾쇠 까마귀가 필사적으로 "까~악!" 울고 있었다. 그러나 다른 대원이 반박했다.

"지금 대기 따위나 할 때가 아니잖아!! 주들이 오기 전에 조금이라도 뭔가 도움이…."

하지만 그들은 알아차리지 못했다.

이미 그때 고치의 윗부분을 뚫고 무잔이 뛰어올라 있었다는 사실을….

무잔은 말없이 아래쪽을 내려다봤다.

그 모습은 그가 이제까지 드러냈던 어떤 모습과도 달랐다. 괴물이나 마물처럼 꺼림칙했다.

하얗고 긴 머리카락. 손에는 날카로운 손톱. 강철처럼 탄탄

한 근육.

심지어 팔과 다리의 표면에 날카로운 이빨이 돋아난 입들이 쩍 벌어져 있었다.

그 입들 주변의 피부는 검붉어서, 마치 팔다리 전체가 검붉게 변색된 것처럼 보였다. 흰 머리카락과는 대조적이었다. 피부에는 군데군데 비늘 같은 것들도 있었다. 오른손에 들고 있는 것은 인간의 머리통일까….

무잔은 대기를 거부한 대원의 위로 공중에서 소리도 없이 내려왔다.

"어…?"

대원이 소리를 냈을 때는 이미 무잔이 그의 머리를 날카로운 손톱으로 찢어발기고 으깨 버렸다. 그의 바로 옆에 있던 전령 담당 장발 대원이 뒤를 돌아보며 외쳤다.

"무잔이!!"

그와 동시에 그 자리에 있던 전원이 술렁거리며 칼을 바로 잡았다.

"나왔…."

전령 담당의 목이 잘려 나간 다음 순간.

콰과과과곽!

무잔의 맹공격이 막을 열었다.

굉음과 충격. 대체 무슨 일이 벌어지고 있는 것인가. 어디서 어떻게 공격당한 것인가. 영문을 모르는 채로 대원들은 차례차례 목숨을 잃었다. 어떤 자는 몸통이 두 동강 나고, 어떤 자는 팔다리가 날아가고, 목이 베이고, 칼이 부러지면서… 삽시간에 일대가 피로 물들었다….

그 상황을 종이눈을 통해 본 키리야가 저도 모르게 비통한 절규를 내질렀다.

"주들이 도착하길 기다려!! 회복을 위한 식량으로 이용당한다!"

제발 이 목소리가 닿기를. 까마귀든 인간이든, 누구라도 좋으니.

"듣고 있는 사람들!!"

현장에서는 조금 전의 꺾쇠 까마귀가 소리치며 공중을 선회하고 있었다.

"다들 일단 철수하라!!"

필사적으로 울었지만, 아무도 대답하지 않았다.

"까아악!"

왜냐하면 이미 살아 있는 자가 없기 때문이었다. 생존자는 고사하고 그곳에는 어찌 된 영문인지 시체조차도 없었으며, 일대에는 다시 정적만이 감돌았다.

대신 마루에 서 있던 무잔이 말했다.

"전원 죽었어."

직후, 뭔가가 공중을 가로질렀고.

"캬앗!"

꺾쇠 까마귀의 목이 날아갔다. 까마귀가 목에 걸고 있던 종이눈도 두 쪽으로 찢어졌다.

무잔은 마루 위를 천천히 걸었다. 발밑으로 피가 뚝뚝 떨어졌다.

"천 년 넘게 살다 보면, 음식이 맛있다는 감각도 점점 사라지는데… 굶주리고 있던 지금 이 식사는 실로 맛있었다…."

왼손은 피로 물들어 있었다. 그의 피는 아니었다. 죽인 대원들의 피였다.

"날 위해서 일부러 식량을 가져다준 것… 칭찬해 주마, 우부야시키."

팔다리의 표면에 무수한 입을 지닌 무시무시한 모습. 이마와 목에는 검붉은 반점이 나무뿌리처럼 구불구불 뻗어 있었다.

무잔은 눈을 가늘게 뜨며 씨익 웃었다.

"후계자가 된 아들인지 딸인지…. 어느 쪽이 지휘하고 있는 건지는 모르겠지만… 아주 우수해."

몸 이곳저곳에 난 입이 질겅질겅 소리를 내며 움직였다. 이빨 사이로 대원복의 찢어진 조각이 보이고, 피가 흘러내렸다. 그 입들로 대원들을 한 명도 남김없이 먹어치운 것이다.

"내 앞에 무릎 꿇고 머릴 조아린다면, 도깨비로 만들어 줄 수도 있어. 마침 난 부하들을 거진 잃은 참이거든."

저택에 있던 키리야가 동생들에게 소리쳤다.

"제2진도 철수시켜!! 무잔한테 가까이 가지 마라!! 대원들이 잡아먹히면 놈이 체력을 회복한다!!"

이 이상 아군의 목숨을 무잔에게 내주는 사태는 무슨 수를 써서도 피해야만 했다.

그러나 키리야의 생각과는 반대로 부활을 마친 무잔은 서서히 힘이 차오르는 중이었다.

날 위해서
일부러 식량을
가져다준 것,
칭찬해주마,
우부야시키.

오른팔을 앞으로 뻗어서 손에 든 머리통을 향해 말을 걸었다.

"어때? 타마요."

그렇다. 그의 오른손에 들린 것은 타마요의 머리였다. 그녀의 왼눈에 엄지손가락을 꽂아 넣어서 머리통을 꽉 쥐고 있었다.

"너의 '도깨비를 인간으로 돌려놓는 약'이라는 것도 결국 안 통한 모양인데."

타마요의 몸은 무잔에게 흡수당했지만, 머리만은 아직 남아 있었다. 그것도 이제는 턱부터 후둑후둑 무너지며 사라지는 중이었다.

그녀는 분한지 이를 뿌드득 갈았다.

"너…는… 오늘… 반드시… 지옥에 떨어질… 거다…."

"이제껏 수백 명의 인간들이 나한테 그 소릴 마구 내뱉었지만, 그게 이루어진 적은 결코 없었어. 가엾게도."

"내… 남편…과… 자식을… 돌려…줘…."

타마요의, 세로로 긴 도깨비의 눈동자가 눈물로 젖었다.

"그렇다면 당장 죽어서 **자신이 죽인** 가족 곁으로 가시든가."

으직!

무잔은 타마요의 머리를 손으로 으깨 버렸다. 그의 손바닥에 있는 입이 곧바로 으직으직 소리를 내며 살을 먹어 치우기 시작했다.

타마요의 피가 바닥에 뚝뚝 떨어졌다. 그 바로 옆에 떨어져 있는 찢어진 종이눈. 조금 전에 목이 베인 꺾쇠 까마귀가 걸고 있던 것이었다.

그 눈을 통해서, 타마요의 죽음을 감지한 자가 있었다.

대원복을 입고 귀살대와 함께 행동 중이던 도깨비 유시로였다.

쿵!

무잔으로부터 멀리 떨어진 성 안을 달리던 유시로는 갑자기 휘청이며 벽에 부딪치더니 그 자리에 웅크려 앉았다.

"야, 너 왜 그래?! 유시로!"

앞을 달리던 대원인 타케우치가 발을 멈추고 걱정하며 되돌아왔다.

"괜찮아? 다쳤어? 야…."

고개를 푹 숙인 유시로는 분노로 부들부들 떨었다. 다다미 바닥을 손톱으로 까드득 할퀴면서 핏발이 선 눈을 부릅떴다.

호흡이 거칠어졌다.

타마요가 죽었다. 누구보다도 존경하고, 누구보다도 사랑하는 사람이 살해당했다.

이 세상에서 가장 소중한 것을 빼앗겼다….

끓어오르는 화를 주체하지 못하고 이를 뿌득뿌득 갈자, 유시로의 입에서 피가 흘러내렸다.

그리고.

타마요를 잡아먹은 무잔은 힘이 더욱 강해져서 살육의 향연을 벌였다.

퇴각하려 한 제2진을 비롯해 무한성에 있는 대원들을 차례차례 도륙했다. 그 비명 속을 무잔은 날 듯이 이동했다. 가볍게 몸을 날리면서 정체불명의 기다란 채찍 같은 무기를 휘두르며 주위를 닥치는 대로 베어 나갔다.

도저히 눈 뜨고 볼 수 없는… 참극.

참혹한 사태에 사령탑 역할을 하는 우부야시키 저택은 소란스러워졌다. 쿠이나가 큰 소리로 지시했다.

"철수하세요!! 철수해!!"

"기유는 아직 멀었나?!"

키리야의 질문에 카나타가 대답했다.

"반대 방향이에요…."

키리야의 이마에 식은땀이 흘렀다.

'아아…!! 아이들이 잇따라 살해당한다. 무잔은 회복되고, 타마요 씨의 희생도 허사로 돌아간다.'

무잔이 지나간 자리에는 주검밖에 남지 않았다.

보이는 범위의 대원들을 모조리 쓸어 버린 무잔은 짐승처럼 몸을 낮추고 냉혹하게 내뱉었다.

"이제 됐어."

십이귀월은 도깨비 사냥꾼에게 토벌당하고 말았다. 최강의 상현들마저. 남은 것은 '상현4'로 승격된 지 얼마 되지 않은 나키메뿐.

"결국 그 누구도 별 도움이 안 됐어. 도깨비 사냥꾼은 오늘 밤 쓸어 버린다."

무잔은 차갑고 섬뜩한 미소를 지었다.

결국 개나 소나 별 도움이 안 됐어.
도깨비 사냥꾼은 오늘밤 쓸어버린다.
이제부터 내가 몰살할 거야.

"이제부터 내가 몰살할 거야."

귀멸의 칼날

제 2 화 큰 재해

'한발 늦었다.'

키리야는 탁자에 펼쳐 놓은 도면 위에 양손을 얹고 고개를 떨궜다. 아직 8살인 그의 어깨를 무거운 책임이 묵직하게 덮쳐 눌렀다.

'나 때문이야. 내가 지휘를 잘못했어. 그 때문에 많은 이들이 학살당한다.'

뺨과 목에 식은땀이 흘러서 떨어졌다.

'모두가 수백 년이나 오늘 이날을 위해, 무잔을 쓰러뜨리기 위해 해 온 일들이 전부….'

"키리야 님, 키리야 님!"

쿠이나가 자신을 부르는 것도 알아차리지 못하고 그는 허공만을 응시했다.

'전부 나 때문에 허사가….'

"키리야 님!"

쿠이나가 어깨를 잡고 흔들어도 키리야는 여전히 넋이 나가서 반응하지 않았다. 그녀는 마음을 단단히 먹고 오빠의 뺨을 있는 힘껏 철썩 때렸다.

"……!!"

그 기세에 키리야는 중심을 잃고 탁자 위에 쓰러졌다. 찢어진 입술에서 피가 흘렀다. 두 사람을 지켜보던 카나타는 깜짝 놀라 입가를 손으로 가리며 경악했다.

"……."

"정신 차리세요, **큰 어르신**!! 어서 다음 지시를!!"

쿠이나는 머리카락이 다 흐트러질 만큼 사나운 태도로 오빠를 호되게 질책했다.

"싸움은 아직 안 끝났어요!!"

키리야는 맞아서 새빨개진 뺨을 손으로 누르면서 마침내 정신을 차렸다.

'그래, 큰 어르신….'

이제 자신은 큰 어르신이라는 입장. 이런 데서 겁먹고 얼어붙어 있을 때가 아니었다. 모든 대원들은 목숨을 걸고 싸우는 중이었다.

'아버지도, 할아버지도, 모두 다… 똑같은 중압감과 고통을 감내하셨지.'

키리야는 탁자 앞으로 돌아와서 입술을 꾹 다물고는 다시금 늠름한 표정으로 돌아왔다.

"무잔의 위치를 계속 포착해라. 까마귀는 무조건 '눈'을 뿌려."

망설임은 더 이상 없었다.

"공격 간격이 어마어마하게 넓으니, 놈과의 거리는 절대 좁히지 마라."

큰 어르신으로서 지금 할 수 있는 일을 하는 것이다. 키리야는 당당함을 되찾은 목소리로 지시를 척척 내렸다.

"주들을 즉시 집결시키겠다. 다른 대원들도 모두… 한시라도 빨리 전력을 한 곳에 모아라."

각자의 탁자로 돌아간 여동생들에게 그는 말했다.

"카나타. 쿠이나… 고맙다."

동생들은 오빠의 괴로움을 충분히 알고 있었다.

하염없이 눈물을 흘리면서 카나타는 말없이 고개를 끄덕였고, 쿠이나는 "네." 하고 작게 대답했다.

그리고 무한성. 비파를 켜는 상현4 나키메가 있는 공간에서는.

전투를 이어 가던 칸로지 미츠리와 이구로 오바나이 쪽으로 꺾쇠 까마귀 한 마리가 날아왔다.

"부활!! 무잔 부활!! 주들은 서둘러 집결하라!!"

까마귀는 요란하게 지령을 알렸다.

"집결하라아아!!"

그 목소리에 채찍 같은 일륜도를 휘두르던 미츠리가 위쪽을 올려다봤다.

"맙소사…!! 꾸물대는 사이에 무잔이…."

이구로는 외눈박이 도깨비 나키메가 있는 방보다 약간 아래쪽의 공간에서 줄무늬 두루마기를 휘날리면서 달리고 있었다. 그의 오른쪽 어깨 부근에서 얼굴을 내밀고 있는 것은 단짝인 흰 뱀 카부라마루였다.

'토키토도, 시나즈가와의 동생도 죽었다….'

두 사람의 부고는 꺾쇠 까마귀를 통해 이미 이구로와 미츠리에게도 전해졌다.

'하지만 상현1을 쓰러뜨렸어. 그에 비해 난 어떻지? 도대체 뭘 하고 있는 거야.'

분함이 서린 눈으로 도깨비가 있는 방을 올려다봤다. 그 도깨비는 그저 정좌를 하고 비파를 켜고 있을 뿐이었다. 이동조차 하지 않았다. 그럼에도 불구하고 쓰러트릴 수가 없는 것이다.

애초에 이구로 일행의 공격은 상대가 간격에 들어오지 않는 한 닿지 않는다.

그러나 나키메는 접근할 때마다 비파를 켜서 무한성 그 자체를 조작해 그들을 다른 공간으로 내쫓았다. 어떤 때는 발밑에 구멍을 뚫어서 추락시키고, 또 어떤 때에는 딛고 있는 장소 자체를 고속으로 이동시켜서 짜부라트리려 했다.

'저 비파녀의 혈귀술…. 살상 능력이 높은 건 아니지만, 내내 다람쥐 쳇바퀴 돌게 만들어 목을 노릴 수가 없다. 결판이 안 나.'

주 두 명이 이 여자 하나 때문에 발목이 잡혀 있었다.

'어떻게든 현재 이 상황을 타파하지 않으면, 다른 주들과 합

류하고 싶어도 결국 저지당할 거야.'

그러는 한편, 꺾쇠 까마귀의 지령을 들은 미츠리는 몹시 당황했다.

"어? 어? 저건 무슨 명령이야? 저 비파 켜는 사람은 내버려 두고 모여야 되나?"

푸드덕푸드덕 날갯짓하는 까마귀를 향해 물었다.

"아니면…."

이라고 말을 꺼낸 참이었다. 누군가의 손이 뒤쪽에서 뻗어 와 미츠리의 두루마기 뒷덜미를 덥석 쥐고 잡아당겼다.

"엇?! 누구야?!"

놀란 미츠리가 뒤를 돌아본 직후… 디잉, 하고 나키메의 비파 소리가 울려 퍼졌다.

디디잉, 디잉, 디잉, 디잉, 디잉….

그 격렬한 소리는 기나긴 복도를 달리던 탄지로와 기유의 귀에도 닿았다.

무한성의 공기가 갑자기 움직이기 시작했다. 긴장감. 그리고, 예감.

무언가가 시작되려 했다.

…디잉!

비파 소리가 한층 더 크게 울려 퍼진 다음 순간, 탄지로와 기유가 있던 공간이 완전히 딴판으로 바뀌었다.

그곳은 본 적 없는 넓은 방이었다.

바닥… 아니 천장 판자가 그들의 발밑에 있었다. 반대로 본래라면 천장이었을 곳에는 서양식 테이블과 의자가 거꾸로 매달린 것처럼 붙어 있었다. 즉, 이 공간은 위아래가 뒤바뀌어 있는 것이다.

탄지로와 기유는 반사적으로 칼을 빼들고 임전 태세를 갖췄다.

그리고, 마침내 두 사람은 발견했다. 그 남자를.

두근….

탄지로의 심장이 크게 요동쳤다.

무잔!!

모든 도깨비를 지배하는 남자(시조이자 우두머리인 도깨비) 키부츠지 무잔이 그곳에 있었다!

탄지로 일행으로부터 조금 떨어진 장소에 서 있는 무잔은 붉은 눈동자로 두 사람을 응시했다.

감정이라고는 일절 느껴지지 않는 그 얼굴, 그 모습.

탄지로의 호흡이 흐트러지기 시작했다. 분노 때문에 숨을 제대로 들이마시는 것조차 어려웠다. 그의 가슴에 격한 아픔이 되살아났다.

가족이 참살당한 그날의 정경이. 눈보라 속에서 도깨비로 변한 네즈코가 우는 모습이. 이제는 없는 렌고쿠 쿄쥬로의 모습이. 시노부, 무이치로, 겐야의 웃는 얼굴이.

차례차례 머릿속에 떠올랐다.

탄지로는 칼자루를 쥔 양손에 힘을 싣고, 핏발이 선 눈을 부릅떴다. 온몸에서 분노가 발산되어서 마치 공기가 뿌드드득 소리를 내는 것 같았다.

옆에 선 기유가 시선을 무잔에게 똑바로 고정한 채 조용히 제지했다.

"탄지로, 진정해라."

그러나 기유의 눈도 분노로 타오르고 있었다. 그 또한 일찍

무잔!!
하악
하악
하악
하악

이 소중한 누나가 도깨비에게 살해당했다. 기유는 자신을 타이르는 것처럼 같은 말을 되풀이했다.

"진정해."

그러자 무잔이 입을 열었다.

"끈질겨."

담담한 목소리가 넓은 공간에 울려 퍼졌다.

"너희는 정말로 끈질겨. 지긋지긋해."

진심 넌더리가 난다며 불평을 내뱉었다.

"입만 열면 부모의 원수, 자식의 원수, 형제의 원수, 하나밖에 모르는 바보처럼."

무잔의 목소리에서는 감정이 티끌만큼도 느껴지지 않았다.

"너희는 살아남았으니 그걸로 충분하잖아."

탄지로는 어안이 벙벙해졌고, 기유는 미간을 찌푸리며 입술을 꾹 깨물었다. 이 도깨비에게는 정말로 사람의 마음이 없는 것이다. 눈곱만큼도.

"가족이 살해당한 게 뭐 대수라고? 그냥 난 행운이라고 생각하며 원래 하던 생활을 계속하면 될 것을."

"너, 뭐라는 거야?"

어리둥절해 있던 탄지로는 저도 모르게 물었다. 하지만 무잔은 그 질문에 대답하지 않고 말을 이었다.

"나한테 죽은 건 그냥 큰 재해를 당한 거나 마찬가지라고 생각해. 굳이 어렵게 생각할 필요 없어."

"……."

"비가, 바람이, 산의 분화가, 대지의 진동이 아무리 사람을 죽여도 천재지변에 복수하려 드는 사람은 없잖아."

도자기로 만들어진 인형처럼 표정을 바꾸지 않은 채로 무잔은 태연하게 설명했다.

"죽은 인간이 되살아날 일은 없으니, 언제까지고 그런 일에 연연하지 말고, 하루 벌어 하루 살며 조용히 살면 되잖아."

손짓까지 더해 가며 자못 당연하다는 말투로 이야기했다.

"대부분의 인간들은 그러고 사는데, 왜 너희는 그러질 않아? 이유는 한 가지…."

그렇게 말하며 날카로운 손톱이 돋아난 검지를 추켜올렸다.

"도깨비 사냥꾼은 정신병자 집단이기 때문이야. 정신병자들 상대하느라 지쳤다. 이제 그만 끝내고 싶은 건 오히려 내 쪽이야."

하고 싶은 말을 모두 마쳤는지, 무잔이 입을 다물었다.

탄지로는 깊은 분노로 머릿속이 새하얘졌다. 이윽고 담담하

정신병자들
상대하느라 지쳤다.
이제 그만
끝내고 싶은 건
오히려 내 쪽이야.
무잔.
너는
존재해선
안 되는
생물이야.

게 툭 내뱉었다.

"무잔, 너는."

그의 눈동자에는 빛이 사라져 있었다.

"존재해선 안 되는 생물이야."

귀멸의 칼날

제 3 화 격노

살아 있는 것을 상대로 이토록… 싸늘한 기분이 들었던 것은.

배 속 저 밑바닥까지 혐오가 소용돌이쳤던 것은.

'처음이다… 키부츠지 무잔.'

탄지로는 간신히 분노를 억누르고 냉정을 되찾은 다음, 골똘히 생각했다.

'무잔은 목을 베어도 쓰러뜨릴 수 없다.'

무한성에 떨어지기 직전에 히메지마의 쇠구슬이 무잔의 머리를 날려 버렸지만, 금세 재생되고 말았다. 즉, 목은 약점이 아니라는 것. 이 도깨비를 쓰러트릴 수 있는 것은 태양빛의 힘뿐이다.

애당초 무잔이 혈안이 되어서 태양을 극복한 네즈코를 찾는 이유는 그 약점을 극복하기 위함이었다. 네즈코를 흡수해서 완전한 불사신의 육체를 손에 넣을 속셈이기 때문이다.

'어떻게든 이자를 태양 밑으로 끌어내야 한다.'

지금, 무한성의 바깥은 밤.

'지령대로 모두가 도착하길 기다리면서 동이 틀 때까지의 싸움 공략법을 모색한다.'

조금이라도 유익한 무잔에 대한 정보를 끌어내서 모두에게 전달한다.

'그때까지 살아남아야 한다. 거기서부터가 진짜 싸움이다.'

긴장된 분위기 속에서 탄지로와 기유가 일륜도를 다시 힘주어 겨눈 그때.

갑자기 무잔 쪽에서 움직임을 보였다.

쉬익, 슈우웅!

그의 오른팔에서 길게 휘어지는 채찍 같은 무기가 뻗어 나온 것이다.

그것은 삽시간에 탄지로와 기유가 있는 곳까지 닿았다. 재빨리 몸을 날려 피했지만, 정체불명의 무기는 무잔에게로 다시 스르륵 되돌아가고 공격이 그쳤다.

잘 보니 그 무기는… 무기라고 생각한 것은 무잔의 오른팔 그 자체가 아닌가!

손과 손가락에 해당하는 부분은 사라지고, 그 대신에 거대한 발톱과 송곳니 같은 것이 불규칙적으로 튀어나와 있었다.

무잔은 일단 오른팔을 끌어당기고 잠깐 사이를 뒀다. 그러자 다음 순간, 폭풍과도 같은 공격이 맹렬한 굉음과 함께 터져 나왔다. 이번에는 양팔을 사용했다!

이형의 팔은 자유자재로 늘어나 종횡무진으로 일대를 난도질했다. 천장의 테이블과 의자가 파괴되고, 바닥에 무수한 균열이 생겼다.

그 공격에는 반격하러 파고들 틈새가 없었다. 그런데도 어떻게든 기유가 움직였다.

"잔잔한 물결!"

기유 본인이 고안해 낸 기술, 제11형. 그것은 간격에 들어오는 모든 공격을 '잔잔한 물결' 같은 상태로 바꾸는… 다시 말해 무효화하는 기술이었다.

그는 꿈틀거리는 무잔의 팔에 필적할 만큼의 속도로 칼을 휘둘러서 공격을 무효화했다. 그 기술은 반으로 잘린 일륜도로 펼친다는 것이 믿기지 않을 정도로 선명했다. 그러나.

'팔이!! 칼날처럼 날카롭고 신축성이 있다. 빨라!!'

제11형으로도 팔의 공격을 완전히 봉쇄할 수는 없었다.

기유가 공격을 억누르고 있는 틈을 타서 탄지로는 무잔에게로 돌진했다.

'간격이 어마어마하다…!! 육안으로 쫓아갈 수가 없어. 감각만으로 간신히 피하고 있다.'

길게 늘어나서 넘실거리는 무잔의 팔은 광범위하게 공격할 수 있었다. 한편, 탄지로와 기유가 소지한 일륜도는 결코 늘어나는 물건이 아니었다. 칼이 닿는 범위까지 접근하지 않는 한, 공격은 불가능했다.

'빠져나가!! 빠져나가!!'

저 공격의 틈새를 정확히 가늠해라. 그리고 전진해라.

무잔의 팔이 수평으로 허공을 갈랐다. 탄지로는 몸을 낮게 숙이고 그 밑으로 파고들어서 힘차게 바닥을 박찼다.

'빠져나왔다!!'

잔잔한 물결.
팔이!!
칼날처럼 날카롭고 신축성이 있다.
빨라!!
간격이 어마어마하다…!!
육안으로 쫓아갈 수가 없어. 감각만으로 간신히 피하고 있다.

코앞으로 다가온 무잔이 탄지로 쪽을 힐끔 내려다보며 팔을 들었다.

촤아아악!

그 공격을 탄지로는 공중에서 몸을 비틀어 피했다.

'됐다!! 피했어!! 피할 수 있었어!! 할 만해!!'

무잔을 조준하는 탄지로의 시선과 무잔의 차가운 시선이 맞부딪쳤다.

그런데 다음 순간이었다. 탄지로의 시야가 휘청하고 흔들렸다. 몸이 기울어지면서 공중에서 추락해 바닥으로 세게 곤두박질쳤다.

"어…?"

사야가 이상했다.

'이미 당했….'

오른쪽 눈이… 보이지 않았다. 베인 것이다. 일어나려 했지만 다음 공격이 덮쳐 왔다.

슈웅!

하지만 간발의 차로 기유가 그를 들어 올려서 옆구리에 끼고 그 자리를 벗어났다.

"간격을 좁히지 마!! 굳이 파고들지 않아도 돼!! 무잔의 힘은 상현과 비할 바가 아니니까!!"

무잔의 팔의 공격 범위는 무시무시하게 넓었다. 게다가 이곳에는 몸을 숨길 장소가 없었다.

'차단물이 없다!! 문도…. 낭패야.'

가능한 한 멀리 달렸지만, 날붙이 같은 팔이 뻗어 와 바닥을 도려내서 앞길을 가로막았다.

"시간벌이… 동틀 때까지 말인가?"

라고 무잔은 무표정인 채로 말했다.

그는 눈치채고 있었던 것이다. 목이 잘려도 죽지 않는 자신을 태양빛에 노출시키려는 작전…. 그것을 위해 기유와 탄지로가 자신을 이곳에 붙잡아 두고 있음을.

"빛도 안 닿는 이 성 안에서, 고작 **주 3명**이서 그게 가능할까?"

"?!"

탄지로와 기유는 깜짝 놀라서 머릿속으로 헤아려 봤다. 주 세 명? 주는 아직 5명이 남아 있을 터였다.

무잔이 공격을 멈추지 않으면서 덧붙였다.

"줄무늬 두루마기 입은 주와 계집 주는 이미… 내 부하가 죽인 것 같은데?"

디잉!

나키메의 비파 연주가 울려 퍼졌다.

디잉!

무잔의 머릿속에 줄무늬 두루마기를 입은 도깨비 사냥꾼이 죽어 있는 모습이 비춰졌다.

그 도깨비 사냥꾼은 하반신이 방과 방 사이에 끼어 뭉개져서 대량의 피를 흘리고 있었다. 흰 뱀은 그의 목에 감긴 채 우왕좌왕했다.

디잉!

이번에는 분홍색 머리카락의 도깨비 사냥꾼이 보였다. 그녀 역시 몸의 절반이 뭉개졌고, 이미 그 눈에서는 빛이 사라져 있었다.

무잔이 날갯짓을 하듯이 양팔을 크게 벌렸다.

그 팔이 내리쳐진 순간, 탄지로는 기유를 밀치고 달리기 시작했다. 두 사람을 노리는 공격의 궤도상에서 기유를 피신시키고 싶었던 것이다.

콰아악!

도깨비의 날카로운 팔이 탄지로를 노리고 촉수처럼 굽이쳤다.

"탄지로!!"

기유가 소리쳤으나, 탄지로는 상관하지 않고 달렸다.

'걸림돌이 되면 안 돼!! 기유 씨의 목숨까지 위험에 빠트리지 마!!'

닥쳐오는 참격을 피할 때마다 그것은 바닥과 충돌해서, 콰가가각 하는 귀를 찢는 소리를 내며 마룻바닥을 찢어발겼다.

'한쪽 눈 좀 망가지면 어때!! 어차피 난 '냄새'로 사물을 보잖아!!'

칼자루를 양손으로 단단히 쥐고서, 좌로 우로 잽싸게 피해 다녔다.

'냄새를 맡아!! 냄새로 분간해. 내비치는 세계를….'

그러나, 냄새를 맡으려면 숨을 들이마셔야 한다. 호흡이 흐트러지고 기침이 터져 나오려 했다.

"크헉!"

'공격이… 너무 빨라서 냄새를 맡을 수 없다. 호흡이… 이어지질 않아!!'

탄지로는 쉴 새 없이 닥쳐오는 공격에 신경을 집중해서 거리를 두려고 했다. 하지만 등 뒤의 벽에 머리부터 세게 충돌하고 말았다.

'벽…!! 이런! 주위가 전혀 안 보였….'

힘없이 앞으로 쓰러져서 바닥에 무릎을 꿇은 탄지로를 향해 기유가 외쳤다.

"탄지로…!!"

그 목소리에 퍼뜩 정신이 들어 고개를 들자, 무잔의 팔에 난 발톱이 이미 코앞까지 다가와 있었다.

'이럴… 수가.'

재빨리 일륜도를 몸 앞에 세워서 방어하려 했으나, 발톱은 그것을 가볍게 피해서 탄지로의 숨통을 향해 돌진해 왔다.

'아앗!! 안 돼!!'

이제 곧 발톱이 목에 꽂힐 것이라 예감한 바로 그때였다.

콰앙!

무잔의 머리 위의 천장이 굉음과 함께 부서졌다.

"그만해~!!"

천장에 생긴 큰 구멍에서 길게 휘어지는 일륜도를 붕붕 휘

그만해──!!
캉
?!
이 계집은…

두르며 나타난 사람은.

연주(戀柱) 칸로지 미츠리!

"?!"

그때까지 얼어붙은 무표정이던 무잔은 깜짝 놀라 눈썹을 치켜세우며 고개를 돌렸다.

'이 계집은….'

나키메의 시야를 공유했을 때 이 도깨비 사냥꾼은 틀림없이 죽어 있었다. 몸이 뭉개져서 숨이 끊어진 뒤였다. 그럼에도 불구하고 왜 여전히 살아 있는 것인가….

기유도 경악해서 천장에서 떨어지는 미츠리를 뚫어져라 쳐다봤다.

'칸로지?! 살아 있잖아?!'

기유와 무잔이 올려다보는 가운데, 미츠리는 공중에서 몸을 돌렸다.

"사랑의 호흡 제6형! 고양이발 사랑바람!"

상대가 방심한 지금이야말로 절호의 기회였다. 미츠리는 돌풍 같은 속도로 칼을 휘둘러서 무잔의 목을 복잡한 궤도로 베었다.

타악 하고 사뿐히 착지한 그녀는 큰 소리로 외쳤다.

"느낌이 왔어!!"

그러나 무잔은 아무 일도 없었다는 듯이 무표정인 채로 무덤덤하게 서 있었다. 베이는 동시에 몸을 재생시킨 것이다.

'으아아아?! 멀쩡하네!! 전에 없던 충격!!'

놀라서 눈이 튀어나올 정도로 휘둥그레지는 미츠리였다.

그리고 살아 있던 것은 그녀만이 아니었다.

"……!!"

쓰러진 탄지로를 옆구리에 끼고 피해서 공격으로부터 구해낸 줄무늬 두루마기의 남자.

그렇다. 사주(蛇柱) 이구로 오바나이였다. 그 역시 살아 있었던 것이다!

목에 휘감긴 흰 뱀 카부라마루도 상처 하나 없이 무사해 보였다. 이구로는 구불구불한 도신의 일륜도를 어깨에 짊어지듯이 들고서 뒤쪽에 웅크려 앉은 탄지로를 향해 끈적끈적한 말투로 속삭였다.

"거치적거리는 애물단지. 넌 그만 뒤로 빠져 있어."

그는 원래부터 신랄한 성격인 데다 미츠리와 친한 탄지로에게는 특히나 더 냉담했다.

"이구로 씨… 다행이다…. 살아 있었군요… 칸로지 씨도…."

그렇게 말하며 눈물을 주르륵 흘리는 탄지로를 이구로는 말없이 바라봤다.

"……!"

탄지로는 부상을 당한 오른쪽 눈에서 피를 줄줄 흘리고 있었다. 몸도 상처투성이라 보기에 안쓰러웠다. 이런 상태가 되어서도 타인의 목숨을 걱정하는 모습에 그는 잠시 머뭇거렸다.

"타인보다 너나 걱정하지 그래?"

평소에는 집요하게 독설을 날리는 이구로도 그 이상 탄지로를 나무라지는 않았다.

이런 상황 속에서 가장 혼란스러운 자는 무잔이었다.

'어째서 죽은 줄 알았던 이놈들이 여기에 있는 거지?'

줄무늬 두루마기를 입은 주가 자리에서 일어나 증오에 찬 눈으로 무잔을 노려봤다.

'어찌 된 일이냐?'

여자 주는 일륜도를 겨누고 "후우우우." 하는 호흡을 되풀이

…!!
거치적거리는 애물단지.
넌 그만 뒤로 빠져있어.
이구로 씨…, 다행이다….
살아 있었군요…, 칸로지 씨도….
!
타인보다 너나 걱정하지 그래?
…….

어째서 죽은 줄 알았던 이놈들이 여기에 있는 거지?
어찌 된 일이냐?
척
후우웅
나키메.
무얼 하고 있는 게냐.
나키메!!

하면서 당장에라도 달려들 기세였다.

'나키메….'

무잔은 눈을 치켜뜨고 송곳니를 드러내면서 고함을 질렀다.

"무얼 하고 있는 게냐! 나키메!!"

나키메는 대답하지 않았다. 외눈이 종이눈으로 가려진 그녀는 비파를 연주했다.

디잉!

그 뒤에는 대원복 차림의 젊은 남자가 서 있었다.

도깨비인 유시로였다.

몸 여기저기에 종이눈을 붙인 그는 나키메의 좌우 관자놀이에 양손의 손가락을 스륵 하고 꽂아 넣었다.

유시로의 눈은 붉은 도깨비의 눈으로 돌아왔고, 얼굴과 팔에는 혈관이 불룩불룩 튀어나와 있었다.

"무얼 하고 있는 거냐고?"

나키메 대신에 유시로가 대답했다.

"조종하고 있지, 이 계집의 시각을."

유시로는 나키메의 뇌와 눈의 지배권을 빼앗았다. 이구로와 미츠리의 시신… 그것은 유시로가 나키메에게 보여 준 허상.

그 광경을 공유한 무잔은 두 사람이 죽었다고 순순히 믿은 것이다.

"무잔 너는… 이 세상에서 가장 무거운 죄를 저질렀어."

유시로의 목소리는 지금 나키메를 매개로 하여 무잔에게 전달되었다.

"나한테서 타마요 님을 앗아 간 걸 후회하며 무릎 꿇어라!!"

무한성 전체에 땅울림과도 같은 불길한 소리가 울려 퍼졌다.

성에 있는 모두가 전율하며 머리 위를 올려다봤다. 발밑에서부터 전해지는 진동으로 몸이 휘청거렸다. 탄지로는 반사적으로 주위를 둘러봤다.

'성 전체가 흔들리고, 아니, 휘어지고 있나?!'

한편, 나키메의 머리에 손가락을 꽂아 넣은 채인 유시로는 송곳니를 드러내며 울고 있었다. 붉은 눈에서 눈물이 끊임없이 흘러내렸다. 슬픔은 격렬한 분노로 바뀌었다.

"지금부터 널 지상으로 내쫓아 주마!!"

지금 무한성을 마음대로 움직이는 것은 나키메의 능력을 빼앗은 유시로였다.

지잉
스륵
무얼 하고
있는 거냐고?
조종하고 있지,
이 계집의 시각을.

귀멸의 칼날

제 4 화 알력 다툼

디잉!

디잉!

디잉!

나키메의 비파가 연주될 때마다 무한성은 크게 변화했다. 아무것도 없는 휑한 마루에 서 있는가 싶다가도 다음 순간에는 쪽매붙임 상자를 짜 맞춘 것 같은 장소에 있었다.

성 내부에 있는 자들 입장에서는 강제로 순간 이동을 당하는 것이나 다름없었다.

'으아아~악!! 이동 압력이 엄청나다. 짜부러지겠어!!'

미츠리는 일륜도의 칼자루를 꽉 쥐면서 몸을 웅크렸다. 눈을 질끈 감고 압력을 견뎌 내려 애썼다.

'그래도 어떻게든 공격해야 해!! 무잔이 눈앞에 있다고!!'

쿠구구….

눈을 뜨니 그곳에는 분노를 여과 없이 드러낸 무잔의 모습이. 상체를 앞으로 약간 숙인 무잔은 눈을 부라리며 이를 꽉 깨물고 있었다. 무시무시한 형상이었다.

'무서워어어~어!!'

미츠리는 압력과 싸우면서도 입을 떡 벌리며 야단스럽게 벌벌 떨었다.

'정말 무서워, 저 사람. 이제껏 내가 봤던 그 어떤 도깨비보다 무서워. 간격 안에 들어가지 않으면 즉사하라!! 뭐, 이런 느낌? 너무 무서워서 어휘력도 이상해지고 있어!!'

그녀의 머릿속에 눈물을 흘리며 합장하는 히메지마가 나타났다.

'히메지마 씨, 빨리 좀 와 주면 안 되나? 서둘러 와 줬으면 좋겠네. 불안하니까!'

대원복을 입은 유시로도 나타났다. 마치 더러운 것을 쳐다보는 눈빛을 한 그 아이….

'의문의 협력자, 도깨비 소년 유시로의 주 전원 죽은 척하기 작전도 틀렸어!'

작전대로 행동했다면 조금 더 효과가 나타났겠지만, 미츠리는 고전하는 기유 일행을 발견하고 저도 모르게 뛰어들고 만 것이었다.

'생각했던 것보다 토미오카 씨네가 위험에 처해 있더라고. 미안해…!!'

시간은 조금 전으로 거슬러 올라간다.

나키메가 있는 방에서 꺾쇠 까마귀를 통해 "집결하라아아!!"라는 지령을 받은 미츠리는 일륜도를 휘두르던 손을 멈추고 위쪽을 올려다봤다. 그러자 그녀의 두루마기 뒷덜미를 잡아당기는 자가 있었다.

돌아보니 얼핏 소년으로 보이는 젊은 남자가 서 있었다. 대원복을 입었지만, 그의 눈동자는 고양이처럼 세로로 길었다.

"누구야~?!"

놀라서 소리친 미츠리에게 남자는 진지한 표정으로 말했다.

"일단 잘 들어. 난 도깨비지만 같은 편이야. 바보가 아니라면 지금 당장 이해하고 협력해."

도깨비지만 같은 편? 어쩐지 복잡하지만….

'난 바보가 아니야.'

미츠리는 눈썹을 바짝 치켜세우며 대답했다.

"응."

"저 비파 도깨비는 내가 맡을게. 넌 우선 바보처럼 움직이며 미끼가 되어 줘."

도깨비 소년이 말하는 동안에도 비파 도깨비는 디잉 하고 비파를 켜고 있었다.

"그 사이에 난 들키지 않게 거리를 좁혀서, 저 계집의 시각을 탈취할게. 그리고 뇌 안에 침입해 무잔의 지배를 풀고, 머리도 탈취할 거야."

'호오오~! 그런 일도 할 수 있구나. 좋겠다~ 편리하네!'

역시 도깨비 소년. 미츠리는 입을 떡 벌리고 솔직하게 감탄했다.

'멋있다!'

"그러고 나서, 무잔이 주들과 다른 도깨비 사냥꾼들이 죽었다고 여기게 만든 다음, 은밀히 아군을 집결시켜 총전력을 동원해 단숨에 쳐부순다."

그것이 유시로의 계획이었다. 그러나 집결을 기다리기 전에 미츠리와 이구로는 무잔 앞에 뛰어들고 말았다.

무한성은 고장 나서 제어가 불가능해진 기계처럼 저쪽 벽은 튀어나오고, 이쪽 바닥은 꺼지는 등 맹렬한 기세로 몸부림쳤다.

갑자기 미츠리가 서 있던 바닥이 솟아올라서 발이 주르륵 미끄러졌다.

"우앗!!"

솟아오른 장소는 고속으로 상승해 갔다. 미츠리는 떨어지지 않으려고 벽에 매달려서 눈을 질끈 감았다.

"꺄아~악!"

'갑자기 성이 엉망진창으로 움직이고 있어!!'

눈을 떠 보니, 까마득히 멀어진 아래쪽 방에 무잔이 꿈쩍도 하지 않고 서 있는 것이 보였다.

'알력 다툼…!! 무잔과 유시로가 싸우고 있는 거야!'

무한성의 주인인 무잔과, 머릿속을 점령한 나키메를 이용해 무한성을 조종하는 유시로.

'우린 무잔을 공격해서 짜증 나게 만들어 조금이라도 유시로

가 유리해지게끔 힘써야 돼….'

그렇게 생각하자마자 다른 방 덩어리가 돌진해 와서는 미츠리의 옆을 스치고 다른 방과 충돌했다.

"꺄~악!"

재빨리 몸을 날려 피했지만, 하마터면 끼어서 으스러질 뻔했다.

'내가 제일 먼저 죽게 생겼네!!'

눈이 홱 돌아간 미츠리는 식은땀을 흘리면서 안전한 곳을 찾아 이리저리 뛰어다녔다.

탄지로도 비파가 연주될 때마다 움직이는 방 때문에 고생하고 있었다.

디잉!

소리와 함께 발밑의 나무판이 좌우로 열렸다. 그 함정을 탄지로는 훌쩍 날아서 뛰어넘었다.

"큭…!!"

앞으로 푹 고꾸라지면서 다른 나무판 위에 떨어졌다. 바닥과 벽, 천장이 예상치 못한 움직임을 보이는 데다, 탄지로는 오른눈을 크게 다친 상태였다. 낙법을 취할 여유조차 없었다.

'무잔 옆에서 떨어지지 마!! 절대 다른 사람들과 분단되면 안 돼!!'

무잔은 상체를 숙여서 몸의 중심을 낮추고는 이 혼란을 불러일으키는 원인을 찾아내려 의식을 집중시키고 있었다.

'눈으론 볼 수 없지만, 나키메 옆에 누군가 있다. 타마요의 도깨비로군. 배짱 한번 좋은데? 죽여 주마.'

타마요의 도깨비… 유시로는 나키메의 머리에 양손을 꽂아 넣고 필사적인 얼굴로 나키메의 머릿속을 조종하는 중이었다.

디잉, 디잉, 디잉, 디잉!

시야와 의식이 현혹된 나키메는 자동인형처럼 연신 비파를 연주했다.

그 옆에서는 여기까지 함께 달려온 대원인 타케우치가 주먹을 불끈 쥐고 서서 유시로를 응원하듯이 지켜보고 있었다.

그러나 차츰 유시로의 양손이 시커멓게 변색되기 시작했다. 소름 끼치게 꿈틀거리는 혈관 같은 것까지 나타나서 유시로의 팔을 침식해 갔다.

스르륵….

'빌어먹을…!! 무잔!! 거의 풀려 가던 지배를 강한 힘으로 붙들어매고, 내 세포까지 흡수하기 시작했다!!'

여기서 밀릴 수는 없었다. 유시로는 송곳니를 드러내며 우렁차게 외쳤다.

"아아아아아!!"

한편, 무잔 역시 눈에 보이지 않는 유시로를 향해 잔뜩 성을 내며 소리쳤다.

"방해된다!! 꺼져!!"

유시로는 더욱더 힘을 실었다.

안절부절못하며 유시로를 지켜보는 타케우치는 아무것도 할 수 없는 자신이 답답했다. 어떻게든 힘이 되어 주고 싶다. 유시로는 도깨비. 도깨비는 사람을 잡아먹으면 힘이 회복된다…. 그렇다면….

"협력할게!! 날 잡아먹어!! 그렇게 해서 무잔을 쓰러뜨릴 수 있다면…."

"시끄러, 입 다물어. 뒤로 빠져 있어!!"

"죄송합니다!"

유시로의 호통을 들은 타케우치는 당황해서 차렷 자세를 취했다. 하지만 타케우치의 마음은 진짜였다. 자신의 목숨을 던져서라도 동료를… 도깨비인 유시로를 돕고 싶었던 것이다.

나키메를 되찾는 일에 의식을 집중시키던 무잔은 머리 위에서 도깨비 사냥꾼 2명이 달려드는 것을 알아차리지 못했다. 기척을 감지하자 퍼뜩 놀라서 정신을 차렸다.

"물의 호흡 제4형!"

"뱀의 호흡 제1형!"

왼쪽에서는 기유가, 오른쪽에서는 이구로가 무잔을 노리고 급강하했다.

"들이친 파도!"

파도 같은 움직임에서 펼쳐지는 묵직한 공격.

"위이 베기!"

뱀처럼 구불거리는 예측 불가능한 재빠른 공격.

무잔은 두 공격 모두 채찍 같은 팔로 쳐내서 막았다.

'눈엣가시 같은 것들…!!'

기유와 이구로의 공격은 먹히지 않았지만, 무잔의 집중을 흩트려 놓는 데는 성공했다. 그 결과, 나키메를 통해 벌어지는 무잔과 유시로의 알력 다툼은 유시로 쪽이 우세해졌다.

유시로의 손을 침식했던 혈관은 스륵, 슈루룩 하는 기분 나쁜 소리를 내며 후퇴했다. 마치 나키메의 머릿속으로 돌아가는 것처럼.

'할 수 있다!! 도로 밀어낼 수 있어!!'

디잉!

더욱더 힘을 싣는 유시로. 마른침을 삼키며 지켜보는 타케우치.

디잉!

그 소리에 맞춰 또다시 성 안이 움직이면서, 탄지로 일행이 있는 방의 바닥이 좌우로 크게 열렸다.

별안간 생긴 큰 구멍으로 무잔, 탄지로, 기유를 비롯한 주 3명이 떨어졌다.

그러나 무잔은 떨어지면서 온 힘을 다해 오른손을 꽉 쥐었다….

콰직!

무잔이 오른손을 쥔 바로 그때, 나키메의 머리통이 잘 익은

들이친
파도.
위이
베기.
눈엣가시
같은
것들…!!

과일처럼 뭉개졌다.

'벌써 죽이려 달려들었다!! 이런!! 성이 붕괴된다!!'

무잔이 으스러트린 것이다. 제어할 수 없어진 나키메가 방해되자 죽여 버렸다.

'포기하지 마!! 세포가 완전히 사멸하기까지 남은 짧은 시간 동안, 무잔과 나머지 대원들을 밖으로 내보내야 해!!'

큰 구멍에 떨어진 무잔, 그리고 귀살대원들은 사뿐히 착지해 곧바로 임전 태세에 들어갔다. 다만 오른눈의 시력을 잃은 탄지로만은 거리를 제대로 가늠하지 못해 등부터 세게 부딪치며 떨어지고 말았다.

'윽…!!'

몸을 일으키고 주위를 확인했다.

'틀렸다. 아직 밖이 아니야.'

바닥에는 피 웅덩이가 가득했다. 무잔의 참격을 맞아 죽은 대원들의 시신이 이곳저곳에 굴러다니고, 부러진 일륜도들이 떨어져 있었다.

'동료들의 시신…!! 얼마나 원통했을까….'

모두 도깨비가 없는 세상이 오기를 바라며 싸웠지만, 그것을 보기도 전에 죽고 말았다. 그들을 죽인 것은 무잔이다.

장본인인 무잔은 지금, 무수한 시신들 사이에 서 있었다. 표정을 바꾸지 않고, 땀방울도 흘리지 않고, 피로해진 기색도 없이, 냉혹한 시선을 탄지로 일행에게 보내고 있었다.

갑자기 세게 휘둘러진 무잔의 긴 팔이 슈슈웅 소리를 내며 바람을 갈랐다.

"으아~악!"

미츠리가 비명을 지르며 몸을 숙여서 아슬아슬하게 직격을 피했다. 그러나 촉수 같은 팔은 상하좌우 온갖 방향에서 덮쳐왔다. 그 사이를 이구로가 달려서 빠져나가고, 탄지로도 뛰었다.

콰아악!

달리는 탄지로의 오른 어깨를 촉수의 공격이 도려냈다. 피가 뿜어져 나오고, 통증으로 얼굴이 일그러졌다.

"으윽…!!"

그러자 그때였다. 성 전체에서 끼기긱 하는 마찰음이 울려 퍼졌다.

이구로가 주위를 둘러봤다.

'이 삐거덕거리는 방식!! 성이 붕괴된다. 밖으로 나가지 못

하면 무잔만 빼고 다 죽어!!'

그들이 있는 방 전체가 철커엉 소리와 함께 흔들리고, 위쪽을 향해 움직이기 시작했다.

'건물이 상승한다…!!'

성의 이변에 정신이 팔려 있던 미츠리를 무잔의 팔이 덮쳤다. 날카롭고 뾰족한 발톱이 그녀의 얼굴로 날아왔다.

"꺄앗…."

"칸로지 씨!!"

탄지로는 재빨리 뭔가를 던졌다.

"!!"

무잔이 몸을 뒤로 젖혔다. 명중한 듯했다. 그 틈에 이구로가 뛰어가서 "우아아악~!" 하고 비명을 지르는 미츠리를 옆구리에 끼고 달렸다.

자세를 바로잡은 무잔은 분노로 얼굴을 일그러트리며 탄지로를 노려봤다.

그의 머리에 관자놀이를 관통해서 수평으로 꽂혀 있는 것은 끄트머리가 잘린 일륜도.

방금 전 탄지로가 던진 게 바로 이것이었다. 바닥에 떨어져 있던 누군가의 일륜도. 무잔의 손에 죽은 대원의 부러진 칼….

'이 지긋지긋한 아귀들…!!'

상승 중인 건물은 위로, 또 위로 돌진해서 최상층… 무한성의 천장에 해당하는 부분과 충돌.

그리고 마침내, 지면을 돌파했다.

퍼어엉!!

그것은 마치 화산의 분화 같았다.

폭발음과 함께 지상으로 격렬히 솟아오르는 무한성의 잔해. 벽과 천장, 기둥, 맹장지, 장지문, 다다미… 전부 부서져서 바깥으로 튀어나왔다.

탄지로 일행의 몸도 폭풍에 휩쓸리고, 흙먼지 범벅이 되어 공중을 날았다.

이윽고 폭풍이 잦아든 무렵, 탄지로는 자신이 잔해 위에 벌러덩 쓰러져 있음을 간신히 깨달았다. 지금까지 있었던 무한성 내부와는 공기의 냄새도, 차가운 온도도 달랐다.

하늘에는 초승달이 떠 있었다. 지금은 겨울. 아직 태양이 떠오르기에는 이른 시각이었다.

'밖…이다….'

시력이 남아 있는 왼눈으로 아직 어두운 하늘을 올려다봤다.

'근데 여긴… 곤란한데….'

그 무렵, 우부야시키 저택의 안방에서는.

폭풍과 함께 무한성의 일부가 지상으로 튀어나온 것을 확인한 카나타가 큰 소리로 외쳤다.

"무잔을 지상으로 배출했습니다!! 그런데 장소가… 시가지입니다!!"

그곳은 벽돌과 콘크리트로 지은 빌딩들이 늘어선 대로 한복판이었다. 다이쇼 시대에는 아직 도시에서만 볼 수 있는 현대적인 거리였다.

키리야 남매의 계산으로는 피해가 최소한에 그칠 교외에 배출할 수 있을 것으로 예상됐지만.

"상정한 장소에서 크게 벗어났어요!"

그렇게 말한 카나타의 눈 밑은 시커멓게 푹 꺼져 있었다. 키리야도, 쿠이나의 눈 밑도 마찬가지였다. 귀살대원들처럼 그들도 몹시 지친 상태였다.

키리야는 탁자에 펼친 도면을 응시하며 다음에 어떻게 행동

근데
여긴…
밖…
이다….
곤란
한데….
그런데
장소가…
시가지
입니다!!
무잔을
지상으로
배출
했습니다!!

해야 할지 고민했다.

'유시로 씨와 무잔 사이에서 능력 줄다리기가 벌어졌다. 하지만 지상으로 내보낸 것만으로도 대단한 일이야. 무잔은 열세!!'

이대로 아침 해가 뜰 때까지 기다리면, 태양빛으로 무잔을 쓰러트릴 수 있으리라. 그는 오른쪽 뒤에 앉은 카나타 쪽을 돌아봤다.

"동틀 때까지 남은 시간은?!"

카나타가 회중시계를 꺼내 시간을 확인했다.

"앞으로… 1시간 반이요…!!"

'아직도… 그렇게나…?'

키리야는 동요하며 눈을 부릅떴다. 앞으로 1시간 반이나 되는 시간 동안, 그 무잔과 계속해서 싸워야 하는 것이다….

바깥에서는 지상으로 튕겨 나온 탄지로 일행의 상공을 종이 눈을 붙인 꺾쇠 까마귀가 선회하고 있었다.

"까아아악! 1시간 반!! 동틀 때까지 1시간 반!!"

일어난 탄지로가 주위를 둘러봤다.

"!! 길다…. 아직 한참 남았어…!! 다들…!! 어디에 있지?"

조금 떨어진 건물 잔해 위에 몸을 일으킨 이구로와 미츠리가 있었다. 미츠리는 떨어질 때 머리를 세게 부딪쳤는지 울상을 지으며 "아야야~!"라고 아파했다.

'칸로지 씨, 이구로 씨.'

다른 곳을 살펴보니 부서진 목재와 다다미 아래에서 기유가 기어 나와 일어서려고 했다.

'기유 씨!! 무사하구나.'

세 사람의 모습을 확인한 탄지로는 겹겹이 쌓인 잔해더미를 헤치고 평평한 장소까지 걸어갔다.

'무잔은 어디에 있지?!'

칼자루를 단단히 쥐고서 무잔의 기척을 찾아 달렸다.

'냄새를 맡아!! 냄새로 분간해….'

그것도 잠시. 이구로를 비롯한 세 사람이 있던 장소로부터 그리 멀지 않은 곳에서 한층 거대한 잔해의 산이 덜덜 진동하기 시작했다.

흔들림은 차츰 커지더니, 몇 초 만에 그것은 폭발했다. 잔해 아래에 있는 누군가에 의해 세게 튕겨 나간 것이다. 사방팔방으로 펼쳐진 그 채찍 같은 팔은….

무잔!

도깨비의 우두머리의 몸은 더욱더 무시무시한 형상으로 변화해 있었다.

2개의 팔 외에 등에서는 9개의 기다란 대롱이 뻗어 나와서, 마치 제각각 의지를 가진 것처럼 꿈틀꿈틀 움직였다. 대롱의 끄트머리는 창처럼 단단하고 날카로웠다.

"호오. 동틀 때까지 날 이 자리에 붙잡아 둘 셈인가?"

무잔은 하얗고 긴 머리카락을 나부끼며 양팔을 크게 벌렸다.

"어디 할 수 있으면 해 보시지!!"

그 목소리와 함께 등에서 돋아난 9개의 대롱, 그리고 용의 모가지처럼 길게 늘어난 팔이 어마어마한 속도로 움직여서 공기와 지면을 가르며 이구로 일행을 덮쳤다.

이구로와 미츠리, 기유는 재빨리 공격을 피한 후 달려서, 순간적으로 생긴 적의 간격으로 뛰어들었다.

"뱀의 호흡 제3형…."

"사랑의 호흡 제2형…."

"물의 호흡 제8형…."

세 사람이 공중에서 동시에 공격 자세를 취해 무잔의 목을 노리고 칼을 휘둘렀다.

셋 중 가장 빨리, 정확하게 목을 포착한 것은 이구로의 구불구불한 도신이었다.

'살 속에 칼날이 파고들었다!!'

연보라색으로 빛나는 일륜도가 무잔의 목 오른쪽부터 수평으로 파고들어서 목젖 근처까지 나아갔다.

'목을 베어도 안 죽지만, 공격은 유효하다. 몸을 조각조각 내서….'

목이 약점이 아니더라도 몸을 잘게 베는 것이라면 가능할 터였다.

'조금이라도 약체화시키면….'

그러나 이구로의 칼은 마치 환각을 벤 것처럼 스르륵 통과해 버렸다. 미츠리와 기유의 공격도 마찬가지였다. 베었다는 느낌은 확실하게 손에 전해졌지만, 무잔의 목은 흉터조차도 생기지 않았다. 세 사람은 눈을 동그랗게 떴다.

"?!"

"어?! 어?! 어라?"

라며 놀란 미츠리가 소리쳤다.

“벴는데 안 베였잖아?!”

기유는 곧바로 상황을 파악했다.

‘아니야. 베었어!! 확실하게!! 다만 이 괴물이….’

베인 순간부터 재생하고 있는 거야!!

이구로는 무잔의 공격을 피하면서 생각했다.

‘목을 베어도 안 죽고, 재생이 너무 빨라서 절단 자체가 불가능.’

그렇다면 어떻게 해야 할까. 다음에 시도할 방법은.

쉬익 하고 공기를 가르는 소리가 나면서 다시 무잔의 대롱과 팔이 세 사람을 덮치려 했다. 방금 전보다도 훨씬 가까운 거리에서 날아왔다!

‘낭패다! 간격이 너무 가까워!!’

절체절명의 위기라고 생각한 그때.

“!!”

누군가가 뒤쪽에서 세 사람의 몸을 붙잡고 껴안으며 무잔으로부터 떼어놓았다!

귀살대의 일반 대원들이었다!

대원복 등에 ‘멸망할 멸(滅)’ 자를 새긴 대원들 십수 명이 달

?!
어?!
어?!
어라?
벴는데
안 베였잖아?!
아니야.
베었어!!
확실하게!!
다만
이 괴물이

려와 이구로 일행을 지켜 냈다.

그러나 비극은 동시에 일어났다.

주들 대신에 그들의 몸이 산산조각으로 잘려 나갔다. 흩날리는 피, 공중에 떠오르는 칼, 단말마의 비명….

미츠리는, 이구로는, 기유는 숨이 끊어진 대원들을 망연히 바라봤다. 그들은 목숨을 걸고 세 사람을 구해 냈다. 살아남은 자들이 소리쳤다.

"어서 가~!! 전진해~!! 앞으로 나가!!

"주들을 보호하는 육신의 장벽이 되어라!"

"조금이라도 무잔과 겨룰 수 있는 검객들을 지켜!!"

탄지로도 한 명의 대원에게 보호받았다. 탄지로의 앞을 막아선 그 대원은 무잔의 참격을 대신 받고 털푸덕 쓰러졌다. 그 몸을 받아 냈지만, 그는 이미 숨이 끊어져 있었다. 눈앞에서 동료를 죽게 만든 무력감이 탄지로의 마음을 아프게 했다.

"하악, 하악…."

고통스럽게 숨을 헐떡이는 탄지로. 무한성에서의 전투로 체력을 소모하고, 오른눈도 보이지 않았다. 그 탓인지 생각대로 움직일 수가 없었다.

그러는 동안에도 속속 모여든 대원들은 무잔을 쓰러트리고자 과감히 대항했다.

"이제껏 주들 덕분에 얼마나 구원받았느냐!!"

"주들이 없었다면 이미 오래 전에 죽었을 거다!"

"겁내지 말고 싸워~!!"

그들은 우렁찬 목소리로 서로를 격려하면서 한 발짝이라도 무잔에게 접근하려고 고전 중이었다. 그러나 다가간 자부터 차례차례 무잔의 팔과 대롱에 맞아 쓰러져 갔다.

미츠리가 땀과 눈물로 범벅이 된 얼굴을 들며 외쳤다.

"안 돼~!! 다들 그러지 마!!"

오로지 무잔을 쓰러트리겠다는 생각뿐인 탄지로에게는 그 목소리가 닿지 않았다. 발을 멈추지 않고 잔해 위를 달렸다.

'모두의 뒤를 잇자…!! 뒤처져선 안 돼. 다 같이 달려들면 어떻게든…!!'

그런데 어째서인지 시야가 흐물렁 하고 일그러졌다. 다리가 꼬여서 무너지듯 앞으로 고꾸라진 탄지로는 그 자리에 쓰러지고 말았다.

"커헉!!"

입에서 뿜어져 나온 것은 피였다. 괴로웠다. 숨을 쉴 수가 없었다. 저도 모르게 손으로 목을 움켜쥐었다.

"크흑, 크으윽…. 크아아악…!!"

몸 안쪽부터 치밀어 오르는 격통에 탄지로는 몸부림쳤다.

그 목소리를 들은 무잔이 대원들을 베면서 냉정하게 말했다.

"그나마 즉사한 사람은 행운아지. 설령 즉사하지 못해도, 내 손에 상처 입은 자들은 그걸로 끝이야."

쓰러지는 탄지로 쪽으로 시선을 힐끔 보냈다.

"저걸 봐라."

무잔의 시선을 눈으로 좇은 미츠리와 이구로, 그리고 기유는 숨을 삼켰다.

"!!"

탄지로가 벌러덩 나자빠져 있었다.

잔해와 대원들의 시신들 사이에서 괴로운 듯이 목을 손으로 누른 채.

그 얼굴은 오른쪽 눈을 중심으로 검붉은 살이 울룩불룩 부풀어 올라서 심하게 변형되었다. 핏발이 선 왼눈은 부릅떴고, 떡 벌어진 입에서는 피가 흘러나왔다.

심지어 미동조차 없었다. 마치 시신들 중 하나가 되어 버린 것처럼 움직이지 않았다….

숨이 끊어진 것 같은 탄지로를 보고 기유는 전율했다. 너무나도 충격적인 광경에 전신이 얼어붙었다.

한편 무잔은 대롱을 종횡무진으로 조종하면서 담담하게 말했다.

"난 공격에 내 피를 섞어 넣거든. 도깨비로는 만들지 않는 대량의 피를. 맹독처럼 세포를 파괴하고 죽음에 이르게 만들지."

도깨비의 수괴는 냉혹하게 단언했다.

"카마도 탄지로는 죽었어."

난 공격에 나 자신의 피를 섞어넣거든.
도깨비로는 만들지 않는
대량의 피를.
맹독처럼 세포를 파괴하고 죽음에 이르게 만들지.
카마도 탄지로는 죽었어.

제 5 화 냄새 없는 세계

"네즈코, 일어나라."

네즈코는 지금 '도깨비를 인간으로 돌려놓는 약'을 맞고 우부야시키 저택의 안쪽 방에서 잠들어 있었다.

그런 그녀의 귓가에 어느 남자의 목소리가 다정하게 들려왔다. 누구지? 주황색과 검은색으로 이루어진 바둑판무늬 두루마기를 입고 있었다.

"탄지로가 위험해."

남자는 네즈코의 머리를 양손으로 살며시 감쌌다. 따스한 손….

네즈코,
일어나라.
탄지로가
위험해.

네즈코는 별안간 눈을 번쩍 뜨더니 힘차게 일어났다.

그러고는 이불을 밀어젖히고 일어나 어리둥절한 표정으로 허공을 응시했다.

그 눈동자는 여전히 세로로 긴 도깨비의 눈이었다.

"네즈코."

이부자리 옆에 앉아 있던 텐구 가면을 쓴 남자… 우로코다키 사콘지가 깜짝 놀라서 네즈코를 올려다봤다. 그는 탄지로가 검객이 될 수 있도록 지도한 물의 호흡의 '육성자'. 잠에서 깨어나지 않는 네즈코를 줄곧 곁에서 간호하고 있었다.

"…네즈코, 왜 그러느냐?"

우로코다키의 목소리가 들리지 않는 것인지, 네즈코는 갑자기 달려 나갔다.

우지끈!

뭔가가 부서지는 요란한 소리. 그 소리를 듣고 곧바로 반응한 것은 바깥쪽 툇마루에서 사령부를 호위 중이던 우즈이 텐겐과 렌고쿠 신쥬로였다.

"?!"

전 음주(音柱)인 우즈이는 일전에 유곽에서 벌어진 전투에서 왼팔과 왼눈을 다쳐서 주 자리에서는 물러났지만, 귀살대를 후방에서 뒷받침하는 역할을 다하고 있었다.

렌고쿠 쿄쥬로의 아버지 신쥬로 역시 전 염주. 2명의 건장한 검객은 자신의 일륜도를 곁에 두고, 유사시에는 바로 싸울 수 있도록 키리야 남매를 지키는 중이었다.

두 사람의 눈에 들어온 것은 기모노를 나풀거리며 질주하는 네즈코와, 그녀를 필사적으로 쫓아가는 우로코다키의 모습.

보석이 박힌 화려한 안대를 왼눈에 찬 우즈이가 저도 모르게 그쪽으로 몸을 내밀었다.

"어?! 카마도 네즈코! 어디 가!"

그러자 저택 안쪽에서 우즈이의 아내 스마가 외치는 소리가 들려왔다.

"아~앗!! 큰일 났다!! 문을 박살 냈어!!"

여닌자인 스마는 우즈이의 세 아내 중 한 명. 다른 2명… 마키오와 히나츠루도 지금은 이 저택에 대기 중이었다. 아무래도 아까 그 소리는 네즈코가 빙문을 박차고 나오면서 낸 소리 같았다.

신쥬로는 곧바로 안방 쪽으로 몸을 돌려서 방문 너머로 보

네즈코.
…네즈코.
왜 그러느냐?

고했다.

“큰 어르신!! 도깨비 소녀가 뛰쳐나갔습니다! 어찌 할까요?”

안방에 있던 키리야는 신쥬로의 목소리를 듣고 할 말을 잃었다.

“……!!”

‘왜지? 왜 저러는 거야?’

머릿속이 혼란스러워서 생각이 정리되지 않았다. 전황은 위태로운 상태였다. 거기에 네즈코마저 이상해질 줄이야.

‘어떻게 해야 되지?’

모르겠다. 설마 무잔에게 조종당하고 있는 건가? 아냐. 그럴 리 없어. 혹시 약효가 들어 인간으로 돌아왔나? 아냐…. 그런 거라면 사콘지가 잡았을 거야.

‘쫓아가야 해…!!’

키리야는 방문 너머에 있는 신쥬로에게 외쳤다.

“지금 당장 네즈코 씨를….”

그런데 그때였다. 키리야의 어깨를, 힘센 양손이 다정하게 감쌌다.

‘네즈코는 뜻대로 하게 놔두어라. 괜찮으니까.’

아버지의 목소리가 들렸다. 아버지의 기척이 느껴졌다. 바로 옆에서.

키리야는 퍼뜩 정신을 차리고 침착함을 되찾았다.

"누군가를 시켜 네즈코 씨를 쫓을까요?!"

창백한 얼굴로 묻는 쿠이나에게 키리야는 대답했다.

"…아니, 안 쫓아도 돼."

카나타가 당황해서 되물었다.

"네?! 하지만 만약 네즈코 씨가 도깨비에게 붙잡히는 사태가 벌어지면, 돌이킬 수 없을 텐데요!"

"그래, 맞아…. 하지만… 하지만…."

도면과 종이눈이 널려 있는 탁자로 시선을 떨구자, 키리야의 눈에서 굵은 눈물이 왈칵 흘러넘쳤다.

"아버지가 뜻대로 하게 놔두라고 하셨어…."

아버지가 모두를 이끌어 주신다. 지켜보고 계신다. 지금도.

키리야의 마음속에 피어난 따스함은 눈물이 되어 끊임없이 흘러내렸다.

한편, 우로코다키는 숲속을 달리는 네즈코를 쫓는 중이었다.

네즈코의 발은 인간의 것이라고 생각되지 않을 만큼 빨라

하악
하악
하악
파앗
쿠웅
……!!
이 높이에서 뛰어내리다니…!!
인간으로 돌아가는 약이 안 들은 건가…?!

서, 거리가 점점 더 벌어졌다.

'너무 빠르다!! 내 발로는 더 이상 따라잡을 수 없어!!'

어디로 향하는 것인지, 우로코다키로서는 전혀 알 길이 없었다.

하지만 네즈코에게는 보였다. 꿈에 나온 바둑판무늬 두루마기의 남자가 갈 곳을 손가락으로 가리키고 있었다. 남자가 가리키는 방향으로 네즈코는 달리고 있는 것이었다.

그녀의 눈은 아직 도깨비의 눈동자를 하고 있고, 입에는 날카로운 송곳니가 돋아나 있었다. 긴 머리카락을 흩날리고, "하악, 하악." 하는 거친 숨을 내뱉으면서, 네즈코는 한눈팔지 않고 곧장 질주했다.

이윽고 벼랑까지 달려가자, 망설임 없이 지면을 박찼다.

달빛 아래에서 날다람쥐처럼 하늘을 날아 바람을 가르고 추락했다.

그 모습을 목격한 우로코다키는 전속력으로 벼랑까지 달려가 네즈코가 뛰어내린 벼랑 아래를 내려다봤다.

"……!!"

네즈코가 착지했는지, 까마득히 아래에 위치한 숲속에서 쿠웅 하는 소리가 들려왔다.

'이 높이에서 뛰어내리다니…!! 인간으로 돌아가는 약이 안 들은 건가…?!'

이제 우로코다키는 네즈코를 쫓아가는 것이 불가능했다.

'네즈코…!!'

네즈코는 숲속의 급경사를 미끄러지듯이 달려서 내려갔다.

네즈코를 비추던 달은 같은 무렵, 탄지로도 비추고 있었다.

그러나 탄지로는 얼굴의 오른쪽 절반이 처참하게 부풀어 오른 상태로, 괴로운 듯이 입을 떡 벌린 채 꼼짝도 하지 않았다.

그 바로 옆에서는 무잔과 기유 일행이 격렬한 공방전을 펼치는 중이었다.

카카앙! 카가각!

기유는 공격을 쳐내는 동시에 사용할 만한 칼을 필사적으로 찾아다녔다.

'칼을 주워야 해! 안 부러진 걸로! 저기 떨어져 있는 물의 호흡 검객의 칼을!'

이구로 역시 공격해 들어갈 틈을 총력을 기울여 찾고 있었다. 하지만 탄막과도 같은 무잔의 공격에는 틈새라고 할 것이 전혀 없어 보였다.

'너무 빠르다! 셋이서 달려들고도 호흡이 지속되질 않아!'

그때, 쓰러져 있던 탄지로의 왼눈에서 눈물이 주륵 흘러내렸다.

이미 의식은 없을 터인데, 기유 일행의 고전을 감지했는지, 아니면 악몽이라도 꾸는 것인지….

무잔의 공격이 한층 더 격렬하게 일대를 베어 넘기며 압도했다.

그 짧은 순간에 미츠리는 왼쪽 어깨부터 오른쪽 겨드랑이까지를 가로로 길게 베이고.

기유는 왼다리와 오른쪽 위팔을 깊이 베였으며.

이구로는 오른팔과 왼쪽 이마부터 관자놀이에 참격을 받았다.

그런데도 그들은 호흡을 사용해 출혈을 막으면서 결코 손에서 칼을 놓지 않고, 다리를 멈추지 않으며 맞서 싸웠다.

홀로 상처 하나 없이 멀쩡한 무잔은 태연한 얼굴로 말했다.

"아직도 움직일 수 있나? 주들…. 반점 있는 자들은 즉사하질 않는구만."

하지만 맹독인 도깨비의 피는 그들의 몸을 착실하게 잠식해 갔다.

제일 처음 쓰러진 것은 가장 심한 부상을 입은 미츠리였다.

'당했다, 당했어. 기껏 모두가 감싸 줬는데….'

부상당한 것에 동요해서 재빨리 몸을 피하던 그녀의 상처 부위가 갑자기 벌어졌다. 털썩 하고 쓰러지는 미츠리.

"으윽…."

"칸로지!!"

달려오려는 이구로를 향해 미츠리는 간절히 외쳤다.

"자기 자신만 지켜!!"

어떻게든 일륜도를 다잡으면서 한 번 더 외쳤다.

"제발!"

무잔의 대롱 공격이 미츠리에게 엄습해 왔다. 그녀는 간신히 일어나 칼로 받아 내려고 팔을 휘두르려 했다. 하지만 이미 한발 늦은 상황….

그런데 다음 순간.

쿠우웅!!

공중을 가로지른 무언가가 미츠리의 눈앞에서 무잔의 대롱을 파괴했다.

"!"

예상치 못한 사태에 무잔이 놀라고… 미츠리가, 이구로가, 기유가 숨을 삼켰다.

콰라락….

이것은 쇠사슬 소리! 쇠사슬 끝에 달린 쇠구슬이 되돌아간 곳에 서 있는 이는….

"늦어서 미안하다."

팔에 반점을 발현시킨 히메지마 교메이!

히메지마가 휘두르는 쇠구슬이 속도를 더해 가면서 부웅, 부웅 하고 위협적인 소리를 냈다. 이 쇠구슬이 미츠리를 덮친 대롱을 깨부순 것이다.

공격을 잠시 멈춘 무잔은 태연자약한 표정으로 히메지마의 모습을 쳐다봤다.

'코쿠시보를 쓰러뜨린 도깨비 사냥꾼….'

그곳에 잠시의 틈도 주지 않고 머리 위에서 사람 그림자가 날아왔다. 돌아볼 새도 없이 두개골에 퍼지는 충격.

"!"

누군가가 공중에서 달려들어서 무잔의 몸을 머리부터 가랑이까지 세로로 양단한 것이다!

쿠웅! 하고 요란한 참격의 소리와 함께 착지한 것은 시나즈가와 사네미였다.

뺨에 반점이 떠오른 사네미는 핏발이 선 눈을 부릅뜨고, 감정이라곤 일절 없는 얼어붙은 표정을 하고 있었다. 더 이상 잃을 것이 없는 그는 그저 담담히 도깨비의 우두머리에게 공격을 펼쳤다.

그러나 두 동강이 난 정도로 주춤할 무잔의 몸이 아니었다. 눈 깜짝할 사이에 절단면은 흡착하듯이 접합되어서 원래대로 돌아가 버렸다. 하지만 그런 것은 이미 예상한 바였다.

사네미는 그 몸을 향해서 액체가 든 유리병을 여러 개 던졌다.

무잔은 반사적으로 그것들을 깨트렸지만, 안에 든 액체를 온몸에 뒤집어썼다. 사네미는 재빨리 칼을 입에 물고 공중제비를 돌면서, 공중에서 뭔가를 꺼냈다.

성냥이었다. 착지하기 전에 성냥에 불을 붙이고 높은 위치에서 던졌다.

직후에 무잔은 불길에 휩싸였다. 유리병 안의 액체는 기름이었던 것이다.

캉
휙

사네미가 가볍게 착지해서 입에 물고 있던 칼을 다시 쥐었다. 무잔이 노려봤다.

"교활한 짓거리!"

"네놈에겐 이 정도가 딱 어울려."

사네미는 이를 뿌드득 갈면서, 조금 전의 무표정과는 전혀 다른 무서운 형상으로 도깨비를 쏘아봤다.

"죽여 주마. 이 개쓰레기 같은 놈아!"

그 모습을 귀살대원인 무라타는 조금 떨어진 건물 잔해 뒤에 숨어서 엿보고 있었다.

그는 탄지로네 동기들의 선배였다. 나타구모산에서 함께 싸운 이후로 그들과 곧잘 마주치곤 했다. 무한성에서는 '상현6' 카이가쿠와 싸운 아가츠마 젠이츠를 구했다.

'저놈… 저놈이 무잔….'

화염에 뒤덮인 무시무시한 도깨비의 모습이 무라타의 눈에 비쳤다.

'내 가족의 원수…. 죽일 거야… 죽일 거야!!'

그의 가족 역시 일찍이 도깨비에게 살해당했다. 무라타는 각오를 다진 뒤, 허리에 찬 일륜도의 칼자루로 손을 가져가려

했다. 하지만 그때.

"무라타!!"

갑자기 이름이 불려서 몸을 움찔 떨었다. 소리가 난 쪽을 보자, 무잔과 싸우던 기유가 무라타를 향해 외치고 있는 것이 아닌가.

"탄지로가 못 움직인다!! 안전한 곳에서 치료 좀 해 줘!!"

무라타는 몹시 당황했다. 서둘러 탄지로를 찾아내 달려갔다. 탄지로는 잔해의 틈바구니에서 마치 숨이 끊어진 것처럼 벌러덩 쓰러져 있었다.

"탄지로…!! 괜찮아?"

의식이 없는 사람의 몸은 몹시 무겁다. 그러나 무라타는 탄지로의 몸을 일으켜서 어깨에 짊어지고, 걸음을 내디뎠다.

"안심해. 저쪽으로 데려가 줄 테니까. 치료해 줄게…."

깨닫고 보니 무라타는 콧물을 흘리며 울고 있었다. 처참한 탄지로의 모습을 본 탓도 있지만.

'내 이름, 기억하고 있었구나, 토미오카….'

그 일에 동요해 버린 것이다.

'선별 때부터 함께였는데, 우리…!!'

무라타가 사용하는 호흡도 기유와 똑같은 '물의 호흡'.

'비록 엄청난 격차가 벌어졌지만, 우린 동기지…!!'

주(柱)라는 위치까지 올라간 기유가 일반 대원인 자신을 신뢰해서 탄지로를 맡겨 준 것이다.

무라타의 가슴은 뜨거워졌다. '이 싸움만 끝나면 같이 밥 먹으러 가자.'라고, 눈물을 흘리며 마음속으로 다짐했다.

무라타의 어깨 위에서 탄지로는 여전히 실신한 채였다. 그런데도 오른손은 칼자루를 단단히 쥐고 땅바닥에 떨어트리지 않았다.

'도움이… 되어야 해….'

탄지로의 의식에 누군가의 목소리가 흘러들어왔다.

멀리서 들려오지만, 이것은 자신의 목소리였다.

'모두… 끝까지… 애썼다고….'

눈앞은 캄캄한 암흑이었다. 너무나도 캄캄해서….

…….

…….

퍼뜩 정신을 차리니 하늘이 보였다.

'푸른 하늘?'

탄지로는 하늘을 올려다보고 있었다. 쓰러져 있었을 터인

데, 어째선지 두 다리로 지면을 굳게 딛고 서 있었다.

'동이 텄나? 아니, 틀렸어. 그럴 리가….'

게다가 몸에는 상처가 하나도 없었다.

이곳은 날씨가 매우 화창하고, 공기가 맑은 장소였다.

'어라?'

탄지로는 숨을 들이마신 뒤에 입을 떡 벌렸다.

'냄새가 전혀 안 나.'

푸른 하늘?
동이 텄나?
아니,
틀렸어.
그럴 리가….
어라?
냄새가
전혀 안 나.

제 6 화 옛 기억

눈앞에 초가지붕의 민가가 서 있었다.

민가를 둘러싼 숲은 가을답게 알록달록 물들기 시작한 참이었다.

'이게… 우리 집인가?'

지붕 아래에는 볏짚 다발을 말리려고 걸어놨고, 장작 거치대에는 장작이 가득 쌓여 있었다.

'아니… 비슷하지만 좀 달라. 우리 집은 아니야.'

혼란스러워진 탄지로는 자신의 모습을 확인했다. 바둑판무늬 두루마기를 입고, 조리를 신고, 오른손에 들고 있는 것은

아, 아빠?
날 말하는 건가? 이 아인 누구지?
우-.
웅-.
?!
꾸벅
시작의 호흡의 검객,
요리이치… 씨…?

도끼.

'내가 뭘 하고 있는 거지? 장작 패기?'

바로 옆에 장작 패기용인 큼직한 그루터기가 있었다. 그 주변에는 이제 막 패는 것을 끝냈는지, 네 쪽으로 쪼개진 장작 여러 개가 굴러다녔다.

'주마등을 보고 있는 건가?'

갑자기 뭔가가 탄지로가 입은 기장이 짧은 하카마를 잡아당기는 게 느껴졌다.

돌아보니 동그란 눈을 한 어린 여자아이가 바지를 꼭 붙잡고 자신을 올려다보고 있었다.

"아바."

'아, 아빠? 날 말하는 건가? 이 아인 누구지?'

여자아이는 2살쯤 되었을까. 아직은 말이 서툰 듯했다.

"우~ 웅~"

그러자 나무숲 쪽을 손가락질하며 뭔가를 열심히 알렸다. 여자아이가 가리키는 곳을 본 탄지로는 깜짝 놀랐다.

"?!"

허리에 칼을 찬 남자가 서 있었다.

남자는 고개를 살짝 꾸벅이며 가볍게 인사했다. 이마의 왼쪽에는 불꽃 같은 반점. 일륜 문양이 그려진 귀고리.

탄지로는 센쥬로가 보낸 편지를 떠올렸다. 남자의 모습은 편지에 적힌 특징 그대로였다.

'시작의 호흡의 검객, 요리이치… 씨…?'

전에 꿈속에서 만난 적이 있었다. 유곽에서 상현 도깨비와 싸운 뒤에 혼수상태에 빠졌을 때.

…….

"탄지로!! 정신 좀 차려봐, 탄지로! 내 말 들려?!"

무라타는 바닥에 누운 탄지로의 심장 부근을 강하게 꾸욱, 꾸욱, 꾸욱 압박했다.

한동안 계속한 다음, 가슴에 귀를 갖다 댔다. 호흡음이 들리지 않았다. 입가에 손바닥을 가져가 봤다.

'숨을 안 쉰다!! 심장이 멎었나?!'

당황해서 다시 심장을 압박하기 시작했다.

'내 심장과 숨소리가 너무 커서 잘 모르겠어…!!'

"무라타~!!"

"우와아아악!"

별안간 자신을 부르는 소리에 화들짝 놀란 무라타였지만,

달려온 자는 동료인 타케우치였다. 타케우치는 분명 유시로와 함께 행동하고 있었을 텐데.

"다행이다. 무사했구나?"

"깜짝이야~"

무라타의 심장은 아직도 쿵쾅쿵쾅 뛰었다.

"좀 도와줘. 유시로가 저 밑에 깔려 있어!"

"어?! …하지만 탄지로도… 죽게 생겼는데…."

울상이 되어서 안절부절못하는 무라타의 손을 타케우치는 억지로 잡아끌었다.

"먼저 유시로를 구하면 치료해 줄 거야!! 그 녀석, 뭔가 정체를 알 수 없는 것들도 할 줄 아니까! 빨리, 빨리!"

허둥지둥하는 사이에 무라타는 타케우치에게 끌려가고 말았다.

탄지로와 요리이치는 볕이 잘 드는 툇마루에 앉아 있었다.

탄지로의 등에 매달려서 어리광을 부리는 것은 아까 그 어린 여자아이였다.

하늘은 청명한 가을 날씨. 작은 새들이 짹짹짹 지저귀는 고즈넉한 시간.

문득 요리이치가 입을 열었다.

"누군가가… 내 이야길 들어 주었으면 했어."

요리이치는 무표정인 채로 어딘가 먼 곳을 응시하고 있었다.

"깊이 생각하던 중, 딱 떠오른 게 너와 스야코의 얼굴이더라."

탄지로의 가슴이 빠르게 두근두근 뛰었다.

'어쩌면 13번째 형태에 대해 들을 수 있을지도….'

지금 옆에 있는 사람은 '해의 호흡'의 사용자. 탄지로가 계승하지 못한 '13번째 형태'를 알고 있을 터였다. 그런데 탄지로의 입에서는 전혀 생뚱맞은 말이 튀어나왔다.

"2년 만이죠? 건강해 보여 다행이네요."

'응? 어라? 어라? 어?'

탄지로는 어리둥절했다. 몸이 자신의 의지와는 상관없이 멋대로 움직였다.

"그때 갓난아기였던 스미레도 이렇게 많이 컸답니다."

그렇게 말하면서 탄지로의 몸은 바둥바둥 꼼지락거리는 여자아이를 붙잡아서 자신의 무릎 위에 앉혔다. 하지만 속으로는 몹시 당황했다.

'당최 속으로 생각한 대로 얘기할 수가 없네. 으윽, 몸이 멋

대로….'

그러자 '그런가.' 하고 퍼뜩 깨달았다.

'당연한 거구나. 이건 유전된 조상의 기억이라, 간섭할 수 없는 거야.'

이것은 지금 벌어지고 있는 일이 아니었다.

탄지로의 조상이… 그렇다, 분명 전에 꿨던 꿈에서는 '스미요시'라고 불렸다… 몇백 년도 전인 전국시대에서 보냈던 어느 하루. 그 기억이 탄지로의 안에서 되살아난 것이다.

도공 마을에서 만난 코테츠 소년이 '기억의 유전'이라는 것을 가르쳐 줬다. 생물에게는 용모뿐만이 아니라 기억도 유전된다는 이야기를….

탄지로, 아니, 스미요시의 무릎 위에서 딸인 스미레는 활기차게 팔다리를 움직이고 있었다. 스미요시는 스미레가 떨어지지 않도록 그 몸을 단단히 안았다.

부녀의 모습을 지켜보던 요리이치는 여전히 무덤덤한 표정인 채로 말했다.

"그나마 너희가 행복해 보여 기쁘다. 행복한 인간을 보면 덩달아 행복한 기분이 들거든."

왜 그런 말을 하는 것일까. 무슨 일이 있었던 걸까? 스미요시는 걱정이 되었다.

“이 세상은 온갖 것들이 다 아름다워. 이런 세상에 태어난 것만으로도 행복하다고 생각해.”

요리이치는 중얼거리면서 하늘을 올려다봤다. 그리움이 가득 서린 눈빛으로.

요리이치는 가슴속에 생생히 되살아난 추억들을 스미요시에게 이야기하기 시작했다.

처음에 나타난 추억은 어머니가 신을 모셔 놓은 감실(龕室) 앞에서 합장하는 모습….

“우리 어머닌 신심이 깊은 사람이었어.”

이 세상에서 분란이 사라지게 해 달라고 매일같이 기도하셨다.

태양신에게 들리지 않는 요리이치의 귀를 따뜻하고 환하게 비춰 달라고 기도하며, 귀에 다는 부적까지 만들어 주셨다.

일륜 문양의 귀고리.

어머니 아케노는 그것을 요리이치의 귀에 다정하게 달아 줬다. 건네받은 손거울 안을 들여다보자, 하늘하늘 흔들리는 일륜이 보였다.

“내가 말을 안 하는 바람에 쓸데없는 걱정을 끼쳐드려 몹시 죄송했지.”

요리이치는 쌍둥이로 태어난 동생. 당시 사람들은 쌍둥이를 불길하게 여겼고, 후계 다툼의 원인이기도 하다며 그 존재를 꺼렸다.

무인(武人) 가문인 츠기쿠니 가에서도 이마에 반점을 가지고 태어난 요리이치 쪽을 ‘불길한 아이’로 여겨서, 10살이 되면 절로 보내 출가시키기로 했었다.

요리이치는 자신 때문에 츠기쿠니 가에 재앙이 일어나지 않게끔, 누구와도 대화하지 않고 숨을 죽인 채 지내 왔다.

귀는 들렸지만, 주변 사람들은 모두 요리이치의 귀가 들리지 않는다고 철석같이 믿었다.

그렇다. 쌍둥이 형 미치카츠도.

“우리 형은 마음씨 착한 사람이었어. 항상 날 신경 써 주었지.”

형 미치카츠는 요리이치가 유폐당하듯이 지내던 1.5평짜리 작은 방에 자주 놀러 왔다.

"아버지한테 나랑 상종하지 말라며 얻어맞은 그다음 날도…."

피리를 만들어 가져다주었다. 직접 깎아 만든 작은 피리였다.

"도움이 필요하면 불어라. 형이 바로 달려와서 구해 주마."

그러니까 아무것도 걱정하지 말라며 자줏빛으로 팅팅 부은 얼굴로 방긋 웃었다.

자신과 똑같은 얼굴을 한 쌍둥이 형. 기모노와 하카마를 멋지게 차려입고, 언제나 검술 단련에 힘쓰던 훌륭한 형….

얼마 지나지 않아 몸이 약했던 어머니가 세상을 떠났다. 요리이치가 아직 10살이 되기 전이었다.

"나는 불길한 아이라서, 어머니가 병사하자마자 바로 집을 떠났다."

출가하라는 얘기를 들었지만, 결국 절로는 가지 않았다.

끝없이 펼쳐진 아름다운 하늘 아래서 마음껏 달려보고 싶었다.

출발한 것은 한밤중이었다. 몇 안 되는 소지품을 보자기로 싸서 등에 짊어졌다. 거의 맨몸뚱이로 나온 것이나 다름없었다.

그런 가벼운 행색으로 발이 마음껏 달렸다. 논두렁길을. 밭 사이의 샛길을. 숲속을.

"하지만 나는 하루 밤낮을 계속 뛰어도 지쳐서 발이 멈추는 법이 없었다."

달리고, 달리고, 또 달리고. 날이 밝아 낮이 되고, 다시 밤이 깊어지고, 아침이 찾아오고.

산속에서 문득 정신을 차리고 보니, 아담한 논과 밭이 있는 곳으로 나왔다.

잘 보니 이제 막 모내기를 마친 논에 누군가 홀로 덩그러니 서 있었다.

요리이치가 다가가도 그 사람은 등을 돌린 채 어딘가 먼 곳을 바라보고 있었다.

같은 또래의 소녀였다.

머리카락을 흰 천으로 동여매고, 매화 무늬 기모노를 입고, 흰 앞치마를 두르고 있었다. 농사일을 하는 사람들의 전형적인 복장이었다.

소녀는 나무통을 든 채로 오랫동안 꿈쩍도 하지 않았다.

무얼 하고 있는 거냐고 물어보았더니,

"돌림병에 걸려 가족들이 다 죽었어. 나 혼자 남아 외로워서 논에 있는 올챙이를 데리고 돌아가려고."

그렇게 말하고서 소녀는 또다시 움직이지 않았다.

요리이치는 그 자리에 가만히 서서, 소녀의 뒷모습을 보고 있었다. 딱히 말을 주고받지도 않으면서.

그런데 날이 저물기 시작하자, 소녀는 나무통에 든 생물들을 논에다 놓아주었다.

그제야 요리이치는 입을 열었다.

"안 데려가?"

"으응…."

논에 웅크려 앉은 소녀는 물속에 손을 넣었다. 그 손가락 주위에서 올챙이들이 살랑살랑 헤엄쳤다.

"부모형제랑 떼어놓으면 이 아이들이 불쌍하잖아."

그 말은 요리이치의 가슴속 깊이 울려 퍼졌다. 그래서 망설임 없이 말했다.

"그럼 내가 같이 집으로 돌아갈게."

"어?"

소녀는 깜짝 놀라 고개를 돌려서 처음으로 요리이치에게 얼굴을 보여 줬다.

울고 있었다. 분명, 내내 울고 있던 것이다. 요리이치가 발견하기 전부터 쭉.

눈물이 맺힌 커다랗고 동그란 눈은 마치 보석처럼 검게 반짝였다.

흑요석 같은 눈동자를 가진….

그 소녀의 이름은 '우타'였다.

"나와 '우타'는 같이 살기로 했다."

'우타'는 아침부터 밤까지 잘도 떠드는 소녀였다.

그녀가 사는 작은 집은 요리이치가 태어난 저택과는 전혀 달랐다. 쓸데없는 물건이 하나도 없었다. 자고 일어나 소박한 식사를 하고, 산이나 논밭에서 일하는 생활이었다. 그래도 요리이치는 불편함을 조금도 느끼지 않았다.

"나는 '우타' 덕분에 남들과 내가 세상을 바라보는 방식이 다르다는 걸 알게 되었다."

요리이치에게는 생물의 몸이… 피부 속에 있는 혈관과 뼈와 근육이 비쳐 보였다. 전부터 그랬기 때문에, 그것을 당연한 일로 여겨 왔다. 하지만.

"생물의 몸속이 훤히 들여다보이는 사람 따윈 들어 본 적도 없다고 했다."

요리이치의 그 이야기를 들었을 때, '우타'는 어리둥절해하며 고개를 가로저었다.

"나는 이때 처음으로 그 막연한 소외감의 이유를 깨달은 듯했다."

하지만 기묘한 소리를 하는 요리이치를 '우타'는 결코 기분 나빠하지 않았다.

장작을 모을 때도, 논밭에 갈 때도, '우타'는 요리이치의 손을 잡고 즐거운 듯이 걸었다.

"'우타'는 끈 떨어진 연 같은 나의 손을 단단히 잡아 준 사람이었다."

말수가 적고 표정 변화가 없는 요리이치와 잘도 재잘대며 웃는 '우타'.

두 사람이 보내는 평온한 나날은 눈 깜짝할 사이에 흘러갔고.

"10년 후 우리는 부부가 되었다."

두 사람 사이에는 아이가 생겼다.

"'우타'의 산달이 다가오고, 출산에 대비해 나는 산파를 부르러 나갔다."

집을 나서는 요리이치를 향해서 배가 산처럼 부푼 '우타'가 웃으며 손을 흔들었다. 요리이치도 함께 손을 흔들었다.

"날이 저물기 전에 돌아올 생각이었다."

그런데 중간에 산고개 세 개를 넘어가려는 노인을 만났다.

길바닥에 주저앉아서 괴로운 얼굴로 가슴을 누르고 있었다. 걱정이 된 요리이치가 말을 걸었다.

이야기를 들어 보니 노인은 본인도 심장이 안 좋은데, 전쟁 중 다쳐 다 죽어 가는 자식 곁으로 가려고 서두르고 있었다.

요리이치는 노인을 등에 업고 산고개 세 개를 넘었다. 그곳에 있던 것은 온몸에 붕대를 감고 멍석 위에 누워 있는 남자. 노인은 울면서 아들에게 매달렸다.

"노인을 아들 곁으로 바래다주고."

원래 가려던 길을 크게 벗어나고 말았다.

"산파를 부르는 건 내일로 미루고 서둘러 귀갓길에 올랐으나, 날이 저물어 버렸고…."

다시금 산고개 세 개를 넘어서, 요리이치는 달빛 아래를 쉬지 않고 달렸다.

간신히 집에 도착해 문을 연 요리이치가 본 것은.

"'우타'는 배 속의 아이와 함께 살해당해 있었다."

피 웅덩이 가운데에 쓰러져 있는 '우타'의 모습….

따스하게 햇볕이 내리쬐는 툇마루에서, 요리이치의 장절한 과거사를 들은 스미요시는 할 말을 잃었다.

“설령 내가 목숨보다 소중히 여기는 것일지라도….”

요리이치의 목소리는 담담했다. 하지만 표정으로는 드러내지 않아도 그 마음속은 슬픔으로 가득 차 있을 것이 틀림없었다.

“타인은 쉽사리 짓밟을 수 있는 거야.”

스미요시의 옆에서 요리이치는 더듬더듬 이야기를 계속했다.

“나는 열흘 정도 멍하니 아내와 자식의 주검을 안고 있었다.”

도깨비의 발자취를 쫓아온 검객이 명복을 빌어주지 않으면 불쌍하지 않겠냐고 할 때까지.

찾아온 이는 타오르는 화염처럼 붉은색과 노란색이 섞인 머리카락을 지닌 남자였다. 그에게서 ‘우타’와 아기를 죽인 것은 도깨비라 불리는 존재라는 이야기를 들었다.

“내 꿈은 그저 가족과 조용히 사는 것이었다.”

작은 집이 좋다. 이불을 나란히 붙이고 자고 싶다.

사랑하는 이의 얼굴이 보이는 거리. 손을 뻗으면 바로 잡을 수 있는, 그들이 닿는 거리.

그것만으로 족했는데. 그런 것조차 이루어지지 않는다.

하필 도깨비가 이 아름다운 세상에 존재하고 있어서.

"나는 도깨비 사냥꾼이 되었다."

칼을 휴대하고, 도깨비가 나타났다는 이야기를 들으면 즉시 찾아갔다. 요리이치는 선천적으로 독특한 호흡법을 쓸 줄 알았다. 그 호흡법에 맞춘 검술로 도깨비를 베서 쓰러트렸다.

"도깨비를 쫓는 이들은 옛날부터 있었다고 하는데, 정작 호흡을 쓸 줄 아는 이는 없어서 내가 가르쳐 주었다."

주(柱)라 불리던 검객들은 우수해서, 원래부터 사용하던 화염, 바람, 물, 번개, 바위의 검술 형태에 호흡을 더해 사용하자, 비약적으로 힘이 상승했다.

"도깨비 사냥꾼들은 무시무시한 기세로 도깨비를 쓰러뜨리게 되었고, 우리 형도 부하가 죽임을 당하자, 도깨비 사냥꾼에 가세해 힘을 빌려주었다."

형인 미치카츠와 재회한 것은 실로 10여 년 만의 일이었다.

그로부터 얼마 후,

도깨비의 시조를 발견했다.

마을에서 떨어진 대나무숲. 좁은 길 맞은편에 젊은 여성을 거느린 남자가 서 있었다.

처음
만난 순간,
나는
내가 이 자를
쓰러뜨리기 위해
태어났다는 걸
알 수
있었다.

곱슬거리는 검은 머리카락에 붉은 눈동자. 그 안에서 빛나는 동공은 고양이처럼 세로로 길었다. 솔방울 무늬 기모노와 하카마를 차려입고, 여유만만한 미소를 짓고 있었다.

곁에 있는 것은 아름답지만 수심이 가득한 얼굴의 도깨비 처녀였다.

"처음 만난 순간, 나는 내가 이자를 쓰러뜨리기 위해 태어났다는 걸 알 수 있었다."

요리이치는 말없이 도깨비를 노려본 다음, 허리에 찬 칼자루로 손을 가져갔다.

그자에겐 폭력적인 생명력이 넘쳐나고 있었다.

화산에서 뿜어나오는 용암을 방불케 하는 사내였다.

부글부글 끓어오르며 모든 걸 집어삼키려 하고 있었다.

"호흡을 사용하는 검객에겐 **더 이상 관심이 없다**."

그렇게 말하자마자 남자는 팔을 휘둘렀다. 길게 변형된 날카로운 발톱이 달린 팔은 주위의 모든 것을 베어 넘겼다.

가공할 만한 속도와 간격의 넓이였다. 공격을 피하자, 저 멀리 뒤편까지 대나무가 잘려 쓰러지는 소리가 났다. 생채기만으로도 죽음에 이를 것 같았다.

"나는 난생처음으로 등골이 오싹했다."

요리이치는 덮쳐 오는 공격을 재빨리 피하면서, 그 눈으로 몸속을 들여다봤다. 피부 아래가 투명하게 비쳐 보이는 눈으로. 그러자 놀랍게도.

그자에겐 심장이 7개, 뇌가 5개 있었다.

팔과 목, 그리고 배 속… 인간으로서는 상상도 못 할 자리에 심장과 뇌가 있는 것이다.

그 사실을 안 요리이치의 몸은 마치 하늘의 계시를 받은 것처럼 매끄럽게 움직이기 시작했다.

"이 순간, 내 검술 형태가 완성되었다…."

붉게 색깔을 바꾼 칼을 겨누고 단숨에 돌진했다.

그와 동시에 도깨비의 주위로 태양에서 뿜어져 나오는 홍염 같은 궤적이 소용돌이쳤다. 해의 호흡에서 태어난 참격… 바로 그 궤적이었다.

다음 순간에 도깨비의 목과 팔다리는 이미 절단된 뒤였다. 반격할 틈도 주지 않았다.

요리이치의 이야기를 듣고 있던 스미요시가… 아니, 스미요시의 몸속에 있는 탄지로가 숨을 삼켰다.

'완성된 형태…!! 13번째…?'

탄지로가 모르는 형태. 그 단서를 마침내 찾게 될 것 같았다.

'알고 싶다! 배우고 싶어!!'

하지만 이것은 스미요시의 기억을 엿보고 있는 것일 뿐. 현실에서 일어나는 일이 아니었다. 그래서 지금 탄지로의 의지로 말하는 것은 불가능했다. 당시의 스미요시가 그랬듯이, 몸을 떨면서 요리이치의 이야기를 듣는 것 외에는 달리 할 수 있는 일이 없었다….

참격을 받은 도깨비 남자는 땅바닥에 쓰러졌다. 손목이 잘린 팔로 목 부분을 필사적으로 누르고 있었다. 다리도 여러 조각으로 잘려 나갔다.

"그자는 자신의 육체가 재생되지 않는다는 것에 곤혹스러워하는 눈치였다."

잘린 목이 떨어지지 않게 받치고는 있었지만, 연결되진 않았다.

"나의 혁도(赫刀)는 도깨비의 시조에게도 즉각적인 효력이 있다는 걸 알아냈다."

요리이치는 남자를 조용히 내려다봤다.

"나는 이자에게 꼭 물어보고 싶은 게 있었다."

생명이 무어라 생각하느냐?

그자는 대답이 없었다.

"그자는 나를 쳐다보고 있었지만, 분노 때문인지 얼굴이 검붉게 부어올라서 내 말은 그자의 마음까지 닿지 않은 것 같았다."

문득 그자가 데리고 있던 도깨비 처녀를 바라보았는데, 그녀는 그자를 구하려고도 하지 않고, 몸을 앞으로 쑥 내밀고 눈을 크게 부릅뜨며 목이 베인 남자의 모습을 응시하고 있었다.

기묘하게도, 그 눈동자는 희망의 빛으로 초롱초롱 빛나고 있었다.

"나는 그녀보다 먼저 남자의 숨통을 끊어 놓기로 했다."

요리이치가 그자에게 한 걸음 다가가자, 악물고 있던 어금니가 깨지는 소리가 났다.

그다음 순간, 그자의 육체는 힘차게 터졌다.

사방팔방으로 흩날리는 무수한 작은 살점. 요리이치는 칼을 휘둘러서 그것들을 차례차례 베어 갔다.

천 팔백 개로 흩어진 살점 중, 천 오백 개 남짓을 그 자리에서 베었다.

그러나 나머지 살점은 너무 작았다. 합쳐 놓으면 필시 인간

머리 정도 크기인 살점을 놓치고 말았다.

“내가 우두커니 서 있는데, 비명 같기도 하고, 울음소리 같기도 한 처녀의 목소리와 더불어 털썩 주저앉는 소리가 났다.”

도깨비 처녀가 땅바닥에 웅크리고 있었다. 가냘픈 목소리로 뭔가를 중얼거리면서.

“거의 다 됐는데, 거의 다 됐는데…. 설마 목의 약점을 극복했을 줄이야….”

쥐어짜듯 말하며 처녀는 머리를 쥐어뜯었다.

“죽었어야 했는데!! 징글징글하게 삶에 집착하는 작자!! 키부츠지 무잔…!!”

키부츠지 무잔. 그것이 그 남자의 이름.

요리이치가 쭈그려 앉아서 처녀의 얼굴을 들여다봤다. 그러자 처녀는 신기하다는 듯이 자신의 몸을 살펴봤다.

“안 죽어… 나는 왜 안 죽는 거야?”

몹시 당황한 처녀를 다독이자, 마치 둑이 터지듯이 그자에 대해 털어놓기 시작했다.

“그리고 도깨비의 시조 키부츠지 무잔은 이제 내가 죽을 때까지 모습을 드러내지 않을 거라고도 말했다.”

요리이치는 “무잔이 약해지는 통에 일시적으로 그의 지배에서 해방되었다."라고 말하는 그녀에게 그를 쓰러뜨리게 도와달라고 부탁했다. 처녀는 처음에 망설였지만 승낙해 주었다.

그녀의 이름은 타마요라고 했다.

슬픈 눈빛을 하고 있었다….

그 이름을 듣고 스미요시의 몸에 깃들어 있는 탄지로는 몹시 놀랐다.

'타마요?! 타마요 씨 말인가?!'

무잔이 거느리고 있던 처녀는 '도깨비를 인간으로 돌려놓는 약'을 만들어 낸 그 타마요였던 것이다.

요리이치를 농락하는 운명은 그 이후로도 이어졌다.

"그 후 득달같이 달려온 동료들에게 형이 도깨비가 되었다는 소식을 들었다."

그의 형 미치카츠. 요리이치를 걱정해 직접 피리를 만들어 줬던 다정한 형이. 믿을 수 없었다.

큰 어르신의 저택으로 돌아가니, 동료들은 요리이치를 둘러싸고 비난을 퍼부었다.

유일하게 화염 같은 머리카락을 가진 남자만은 모두를 진정

죽었어야 했는데!!
징글징글하게 삶에
집착하는 작자!!
키부츠지
무잔…!!
안 죽어….
나는
왜 안 죽는
거야?
몹시 당황한
처녀를 다독이자,
마치 둑이 터지듯이
그 자에 대해
털어놓기 시작했다.
그리고,
도깨비의 시조
키부츠지 무잔은
이제
내가 죽을 때까지
모습을 드러내지
않을 거라고도
말했다.

시키려 했지만….

“나는 키부츠지를 쓰러뜨리지 못한 것, 타마요를 놓친 것, 형이 도깨비가 된 것을 책임지기 위해 도깨비 사냥꾼에서 추방되었다.”

일부 사람들은 자인(자살을 뜻한다)하라고 언성을 높이기도 했으나.

“불과 6살의 몸으로 이제 막 당주 자리에 오른 큰 어르신이 그것을 막아 주셨다.”

머리카락을 어깨 길이로 가지런히 자른 어린 소녀의 모습을, 요리이치는 지금도 또렷하게 떠올릴 수 있었다.

작은 어깨에 무거운 책임을 짊어지고, 슬픈 눈으로 요리이치를 바라보던 그 얼굴을.

“아버지를 잃고, 정신적으로 약해진 아이에게 또 다른 심려를 끼쳐 송구스럽기 짝이 없었다.”

스미요시는 저도 모르게 말했다.

“요리이치 씨는 아무 잘못 없잖아….”

그것은 스미요시가 한 말이었지만, 탄지로의 심정과도 일치했다.

"나는 필시… 키부츠지 무잔을 쓰러뜨리기 위해 특별히 강하게 만들어져 태어난 걸 거야."

요리이치가 그렇게 말하면서 고개를 약간 숙였다. 일륜 귀고리가 흔들렸다.

"그런데 난 실패했어. 결국 실패하고 만 거야."

스미요시는 그저 말없이 요리이치의 옆얼굴을 바라봤다.

그런 아버지에게 찰싹 달라붙은 자그마한 스미레도 티 하나 없는 맑은 눈망울로 요리이치를 보고 있었다.

"내가 실패하는 바람에 앞으로도 또 많은 이들이 목숨을 빼앗기겠지."

요리이치가 툭 내뱉었다.

"마음이 괴로워."

'…말이 안 나온다.'

스미요시의 몸속에 있는 탄지로는 어찌할 줄을 몰랐다.

'너무도 많은 일들이 요리이치 씨에게 일어나서 마땅히 해줄 말이 떠오르지 않았다.'

스미요시의 눈에 눈물이 서서히 차올랐다.

'혹시라도 내 조상인 스미요시 씨라면 뭔가 말해 줄지도 모른다고 생각했지만, 한동안 침묵만 이어졌다.'

분명 스미요시도 탄지로와 같은 심정이었을 것이다. 건넬 말이 떠오르지 않아 요리이치의 옆에서 말없이, 가만히 지켜보는 것 말고는 방법이 없었을 것이다. 하지만.

어떻게든 도와주고 싶다. 이 사람은 깊이 상처 입고 여기에 온 거니까. 어떻게든….

그때였다.

"안아조."

스미요시에게 붙어 있던 스미레가 아장아장 걸어가서 요리이치의 두루마기를 잡아당겼다.

요리이치가 멍하니 고개를 들어 스미레를 쳐다봤다. 스미요시는 눈물을 참으며 미소를 지었다.

"앗. 애… 애 좀 안아 주세요. 높이 들어올려 주면 좋아하거든요. 당신은 나보다 키도 크니까…."

말없이 툇마루에서 일어난 요리이치는 스미레의 겨드랑이에 손을 넣어 그 작은 몸을 딱 자신의 눈높이까지 들어올렸다.

그리고 신기한 표정으로 스미레를 바라본 다음, 머리 위로 번쩍 들어올렸다.

"꺄하핫!"

스미레가 카랑카랑한 목소리로 웃기 시작했다.

"꺄~앗. 꺄하핫. 꺄핫. 꺄르르."

어지간히도 즐거운지, 팔다리를 파닥파닥 움직이고, 뺨을 새빨갛게 물들이며 웃었다.

"꺄하핫."

천진난만하게 웃는 어린 아이를 놀란 얼굴로 바라보던 요리이치의 눈에서… 눈물이 흘러넘쳤다.

마침 그때 아내인 스야코가 돌아왔다.

"스미요시 씨, 나 다녀왔어~"

집의 뒷산으로 밤을 주우러 갔던 것이다. 포대기로 갓난아기를 등에 업었고, 품에 안고 있는 큼직한 바구니에는 밤송이째로 주워 온 밤이 가득 들어 있었다.

"이것 좀 봐 봐! 올해 알밤은 이렇게나 씨알이 굵어."

그렇게 말하며 앞마당 쪽으로 온 스야코는 저도 모르게 걸음을 멈췄다.

체구가 큰 무사가 딸을 품에 안고 마당에 웅크려 앉아 있었다.

그 바로 옆에는 남편인 스미요시가 아무런 말도 없이 조용히 서 있었다.

눈부신 햇살이 먼 산의 나무들 사이로 들어와서 그들을 밝게 비췄다. 따스하게 지켜보는 빛이….

“왜 그래…?”

잘 보니 그 사무라이는 요리이치였다.

2년 전 도깨비의 공격을 받아 도망치던 그들을 구해 준 생명의 은인. 요리이치가 없었다면, 스미레도 태어나지 못했으리라. 그 사람이 스미레를 안고 숨을 죽인 채 울고 있었다.

“어라~? 어머나~! 요리이치 씨잖아?”

스야코는 과장스러운 목소리로 물으며 다가갔다.

“이렇게 엉엉 울다니, 무슨 일이래! 분명 괜찮아질 거예요.”

밤으로 가득 찬 바구니를 땅바닥에 내려놓고 요리이치의 바로 옆에 쭈그려 앉았다. 그러고는 생글생글 웃으면서 좀처럼 울음을 그치지 않는 요리이치의 등을 쓸어 줬다.

“밥 배불리 먹여 줄 테니까. 응?”

머리도 다정하게 쓰다듬었다. 덩치는 크지만, 요리이치의 알맹이는 순진무구한 어린아이 같았다.

“기운 내요! 얼른~”

어라~?
어머나—!
요리이치
씨잖아?

요리이치는 겨우 자리에서 일어섰다. 그의 품에 안긴 스미레는 기분이 좋은지 미소를 짓고 있었다.

스야코는 요리이치를 올려다보면서 태양처럼 밝게 웃었다.

스미요시가 손으로 눈물을 닦았다.

'싸움 도중이라는 건 알고 있다.'

라고, 스미요시 안의 탄지로는 생각했다.

'그래도 요리이치 씨의 마음이, 벌써 수백 년도 더 전에 죽은 이 사람의 마음이….'

아주 조금이라도 구원받기를 바라지 않을 수 없었다.

제 7 화 비통한 연정

전장에서는 지금 탄지로가 전선 이탈. 일반 대원들은 후방 지원 중.

무잔에 맞서 싸우는 자는 5명의 주… 히메지마, 이구로, 기유, 사네미, 그리고 미츠리.

무잔의 팔과 대롱에 의한 공격은 그를 중심으로 반경 약 10미터 내의 모든 것을 쓸어 버렸다. 건물도, 지면도, 일대의 공기마저도.

히메지마는 쇠사슬을 조종하면서 누구보다도 앞으로 나아갔지만, 어지럽게 휘몰아치는 무잔의 공격을 앞에 두고 반격의 틈을 찾지 못하고 있었다.

'속도가 또 올라갔다!! 압도당한다…!! 속을 투명하게 들여다볼 수도 없어!'

히메지마를 엄호하며 칼을 휘두르는 이구로도 고전을 면치 못했다.

'히메지마 씨의 방패막이도 되어 줄 수 없고! 이제 곧 나도 움직일 수 없게 된다…. 빌어먹을!!'

기유와 사네미, 미츠리도 공격을 피해 달리면서 각자의 기술을 펼쳐 응전했다.

그러나 미츠리가 완전히 피하지 못하고 가볍게 베이고 말았다. 뺨과 어깨에서 피가 터져 나왔다.

'안 보여!! 전혀 안 보여!! 촉으로 운 좋게 피하고 있을 뿐….'

너무 빨라서 공격이 보이지 않는 것이었다.

'내가 제일 먼저 당하게 생겼다…!! 조금도 도움이 못 되었는데…!!'

자세를 낮게 낮추고 달려서 무잔의 뒤쪽으로 돌아 들어가려 했다.

'이판사판 돌격하는 수밖에 없어…. 그러고도 무잔의 움직임을 막을 수 있을지는 모르겠지만….'

그러나 그 움직임을 간파했는지, 무잔의 예리한 공격이 날아왔다. 팔과 대롱의 공격은 미츠리 근처의 건물을 후려쳐서 벽에 균열이 가고, 창문이 깨졌다.

몸을 날려서 피한 미츠리는 다시금 무잔이 있는 방향을 돌아봤다.

'어쩌면 검으로 달려드는 것보다 간격을 좁혀 뒤에서 꽉 끌어안는 게….'

그런데 그때였다.

휘잉 하고 공기가 움직이더니, 미츠리의 다리가 휘청거렸다.

'어…? 끌려들어….'

촤아악!

별안간 발생한 작은 소용돌이는 미츠리의 몸을 벤 다음 눈 깜짝할 사이에 사라졌다. 충격과 통증 때문에 미츠리의 의식이 일순 아득해졌다. 대체 무슨 일이 벌어진 거지?

그 상황을 남들보다 먼저 목격한 것은 이구로였다.

"……!!"

경직되어 쓰러지는 미츠리 쪽으로 부리나케 달려갔다.

히메지마 역시 방금 벌어진 기묘한 공격을 감지했다.

'뭐지, 저 기술은?! 칸로지는 분명 공격을 피했는데…!!'

피했을 터인데 어째서 미츠리는 당한 것일까. 생각하는 동안에도 무잔은 부상을 입은 미츠리와 그녀를 감싸는 이구로를 겨냥했다.

뜻대로 하게 놔둘까 보냐. 히메지마, 기유, 사네미는 곧바로 무기를 들고 세 방향에서 동시에 참격을 날렸다.

콰가각!

그러나 무잔은 닿는 범위에 있는 것을 닥치는 대로 쳐내 버렸다. 피로를 모르는 기계 같았다. 세 사람이 아무리 공격을 퍼부어도, 본체인 무잔까지 도달하는 것은 불가능했다.

세 사람이 공격하는 틈을 타서 이구로는 미츠리를 피난시키기 위해 건물 뒤편으로 데려갔다. 그녀를 바닥에 앉히고 부축해 주면서 달려온 대원에게 지시를 척척 내렸다.

"치료 좀 부탁한다!"

"네!"

품에서 종이눈을 꺼내서 대원에게 건넸다.

"이 종이를 들고 있는 눈꼬리가 올라간 대원을 찾아! 유시로라는!"

심각한 부상을 입은 미츠리의 몸에는 무잔의 피가 보다 많이 주입되었을 터였다. 유시로라면 대처할 방법을 알 것이다. 빨리, 가능한 한 빨리 미츠리를 구하고 싶었다.

하지만 미츠리는 몸을 일으키더니 괴로운 듯이 말했다.

"잠깐만… 난 아직… 더 싸울 수 있어."

창백해진 얼굴로, 숨도 헐떡이는 상태로.

"이번엔 발목 잡지 않게 노력할 테니까."

"이제 됐어. 충분히 잘했어."

"안 돼… 전혀 도움이 못 되었잖아. 이대로는 못 죽어."

이구로는 대답하지 않고 대원에게 미츠리를 맡겼다.

"뒷일은 잘 부탁한다."

"네."

그러고는 타앗 하고 땅을 힘차게 박차서 달려갔다.

"잠깐만!!"

멀어지는 이구로의 뒷모습을 향해 손을 뻗으면서 미츠리는 바닥에 쓰러졌다. 당장에라도 쫓아갈 것 같은 그녀를 대원이 황급히 붙잡았다.

"나도 갈래!! 이구로 씨! 싫어, 이구로 씨!"

미츠리는 눈물로 얼굴을 적시며 절규했다.

"죽지 마!!"

줄무늬 두루마기가 점점 작아졌다. 그의 목에서 미츠리를 걱정스럽게 돌아보는 카부라마루의 모습도.

"이젠 그 누구도 죽지 않았으면 좋겠어!!"

울며 소리치는 미츠리 곁으로 구급상자를 소지한 대원들이 달려왔고, 그중 한 명은 종이눈을 가진 유시로를 찾으러 갔다.

이구로는 달려가면서 생각에 잠겼다.

'도깨비가….'

도깨비 같은 게 이 세상에 존재하지 않았다면,

과연 얼마나 많은 이들이 죽지 않고 넘어갔을까.

'만약 너와 아무 일 없는 일상에서 만날 수 있었다면, 얼마나 좋았을까.'

도깨비 사냥꾼 따위가 아닌, 평범한 청년과 평범한 아가씨로서 만났다면, 행복한 미래가 기다리고 있었을지도 모른다. 하지만 이구로는 곧바로 자신의 공상을 부정했다.

'아니다. 내겐 무리지.'

왜냐하면….

이제 됐어.
충분히 잘 했어.
헉
헉
안 돼.
전혀 도움이 못 되었잖아.
이대로는 못 죽어.
뒷일은 잘 부탁한다.
네엣.
파앗
잠깐만!!
나도 갈래!!
이구로 씨.
싫어, 이구로 씨.
죽지 마!!

달리는 동안 이구로의 입가를 덮고 있던 붕대가 찢어져서 풀리기 시작했다. 무잔의 참격에 붕대가 찢어진 것이다. 붕대가 바람을 맞아 벗겨지면서 훤히 드러난 그 입에는.

참혹한 오랜 흉터가 있었다. 입술 끝부터 귀에 걸쳐서 죽 찢어져 있었다.

마치 뱀의 입처럼.

'일단 한 번 죽어서 더러운 피가 흐르는 이 육체를 통째로 갈아치우지 않으면, 네 옆에 있는 것조차 꺼려질 거다.'

마음속으로 미츠리에게 이야기했다.

'칸로지, 나는… 사람을 죽여 사리사욕을 채우는 더러운 혈족의 인간이야.'

강탈한 돈으로 저택을 짓고, 밥을 먹고, 굳이 할 필요도 없는 사치를 부리는.

수치를 수치라고도 여기지 않는 욕심쟁이, 허세덩어리만 모인 추한 일족.

이구로의 일족은 외딴 섬에서 살았다. 여인들만 태어나는 집안이었다. 아들이 태어난 건 370년 만이라고 했다.

'나는 태어난 순간부터 계속 저택 감옥에 들어가 있었다.'

저택 감옥이란 저택 내부에 마련된 감옥 같은 방을 말한다.

일단 한 번 죽어서
더러운 피가 흐르는 이 육체를 통째로 갈아치우지 않으면,
네 옆에 있는 것조차 꺼려질 거다.
칸로지. 나는
사람을 죽여 사리사욕을 채우는 더러운 혈족의 인간이다.
강탈한 돈으로 저택을 짓고, 밥을 먹고, 굳이 할 필요도 없는 사치를 부리는,
수치를 수치라고도 여기지 않는,
욕심쟁이, 허세덩어리만 모인 추한 일족.

안에서는 자물쇠를 열지 못하게 해 놓은, 사람을 가두기 위한 방.

수의 같은 흰 기모노를 입은 어린 이구로는 그곳에서 갇혀 지냈다.

'내 어미와 자매들, 이모들은 다들 간드러지는 목소리를 내며 기분 나쁠 만큼 친절했고, 좌우간 매일매일 나에게 음식을 가져왔다.'

고기며 튀김이며, 호화로운 요리를 차린 밥상을 여러 명이 우르르 들고 와서는 폐쇄된 방 안에 놓고 갔다. 환기도 잘 안 되어 방 안 가득한 기름 냄새에 구역질이 올라왔다.

그 냄새로부터 조금이라도 도망치려고 언제나 벽에 바짝 붙어서 무릎을 감싸고 있었다. 이구로는 지금도 식사라는 행위를 좋아하지 않는다.

'저택 감옥에선 밤만 되면… 뭔가 거대한 물체가 기어 다니는 섬뜩한 소리가 났다.'

질질질… 천장 위에서 소리가 들렸다.

아직 어린아이였던 이구로는 홀로 이부자리에 누워서, 천장을 올려다보며 두려움에 떨었다.

'시선이 느껴졌다. 끈적하게 들러붙는 듯한 시선이다. 나는

온몸에서 땀이 뿜어져 나오고, 그 소리가 그칠 때까지 한숨도 자지 못했다.'

어디선가, 누군가가 보고 있었다. 이구로를. 그런 매일이 몇 년이나 이어졌고.

'12살이 되었을 무렵, 저택 감옥에서 끌려 나왔다.'

끌려간 곳은 휘황찬란하고 치렁치렁 호화로운 방.

바닥을 한 단 높여 놓은 방 안쪽 공간에 마치 신체(神體)처럼 좌정해 있던 것은….

'하반신이 뱀처럼 생긴 여자 도깨비였다.'

배까지는 인간의 모습이었다. 하지만 눈 속의 동공은 세로로 길었다. 입은 귀까지 찢어졌고, 그 틈새로 끄트머리가 둘로 갈라진 기다란 혀가 힐끔힐끔 엿보였다.

여자의 몸 주변에는 인간의 두개골이 데굴데굴 굴러다녔고….

'밤중에 날 보러 왔던 것은 이 녀석이라는 걸 바로 깨달았다.'

겁먹어서 얼어붙은 이구로에게 여자는 말했다.

"작아, 작아. 역시 조금 더 키운 다음에 해야겠어."

여자는 값을 매기는 듯한 눈으로 이구로를 쳐다봤다.

'우리 일족은 이 뱀 도깨비가 사람을 죽여 빼앗은 금품으로

생계를 꾸려 가고 있었다.'

그 대신 갓난아기를 즐겨 먹는 이 여자에게 자신들이 낳은 아이를 산 제물로 바쳤던 것이다. 이구로의 여동생 3명도 태어나자마자 도깨비에게 바쳐져서 잡아먹혔다고 했다.

'나는 극히 드물게 태어난 아들인 데다 특이한 눈을 갖고 있어서 이 여자가 몹시 맘에 들어 해, 성장해서 잡아먹을 양이 늘어날 때까지 살려 둔 것이다.'

이구로의 눈은 왼쪽은 깊은 청록색이지만, 오른쪽은 금색이다.

'그들은 날 좀 더 살려 두기로 했고, 그 여자는 내 입 모양을 자신과 똑같이 만들어야겠다며 쫙 찢어서….'

저택의 여자들은 이구로를 단단히 결박했고, 도깨비 여자가 입을 찢었다.

'쏟아지는 피를 대접에 받아 마셨다.'

이구로의 입에는 붕대가 휘감겼다.

'저택 감옥으로 돌아간 나는 오로지 도망치는 것만, 살아남는 것만 생각했다.'

그 감옥 같은 방 안에서 유일하게 남에게 들키지 않고 부술 수 있었던 것은 나무로 만들어진 격자.

그래서 훔친 비녀로 나무 격자를 계속 깎았다.

조금씩, 격자가 잘릴 때까지 끈기 있게. 행여 들킬까 봐 벌벌 떠느라 매일매일 신경이 닳아 갔다.

'길을 잃고 들어온 뱀인 카부라마루만이 신뢰할 수 있는 생물이었다.'

카부라마루는 혼자서 운명과 싸우던 이구로에게 용기를 북돋아 줬다. 이구로가 울면, 카부라마루는 서늘한 몸을 뺨에 가까이 갖다 대며 위로해 줬다. 그리고 마침내 어느 날.

'나는 도망치는 데 성공했다.'

하지만 일족의 일원에게 들켜서 화난 뱀 도깨비가 쫓아왔다.

유폐되어 있던 이구로는 체력이 없었던 데다, 추격당하자 마음이 조급해져서 넘어지고 말았다.

'중간에 따라잡혀 이젠 죽었다고 생각했는데….'

아슬아슬한 찰나, 당시의 염주가 구해 주었다.

서둘러 도착한 염주가 일륜도를 휘둘러서 도깨비의 목을 베었고, 그녀의 뱀 같은 몸을 동강 냈다.

'염주는 나와 살아남은 사촌누이를 만나게 해 주었다.'

걸을 힘도 바닥난 이구로는 염주의 등에 업혀서 집으로 돌아왔다. 그러나 그런 그에게 더욱더 가혹한 처사가 기다리고 있었다.

'사촌누이는 나를 욕했다.'

"다 너 때문이야!"

사촌누이에게 세게 밀쳐지는 바람에 이구로는 땅바닥에 쓰러졌다. 그녀는 울면서 분노를 토해 냈다.

"네가 도망치는 바람에 모두 죽었어!! 50명이나 죽었어. 네가 죽인 거야! 산 제물 주제에!! 얌전히 잡아먹힐 것이지!!"

이구로가 도망친 사실을 안 뱀 도깨비는 일족을 몰살했다. 이구로의 누나 2명도 잡아먹혔다고 했다.

'사촌누이의 욕설에 정당성 따윈 티끌만큼도 없었다.'

하지만.

'몸서리쳐지게 내 마음을 깊이 도려냈다.'

도망치면 친족들이 어떻게 될지, 생각해 보지 않은 건 아니다.

'그래도 나는 도망쳤다. 살고 싶었으니까.'

금방이라도 이구로에게 달려들 기세인 사촌누이를 염주가 말렸다.

이구로는 차가운 땅바닥에 무릎을 꿇고 앉아 고개를 푹 숙였다.

'쓰레기 같은 일족에서 태어난 나 또한 쓰레기다.'

하얀 기모노는 흙먼지로 더러워졌고, 팔다리는 상처투성이였다. 몸에 휘감긴 카부라마루가 걱정하듯이 이구로의 머리에 몸을 기댔다.

'짊어질 업이 너무 커서, 평범한 삶은 살 수 없었다.'

이구로는 염주를 따라가기로 했다. 검은 대원복과 줄무늬 두루마기를 입고, 일륜도를 들었다. 도깨비 사냥꾼이 된 것이다.

'갈 곳 없는 마음은 전부 도깨비에게 쏟았다.'

한사코 도깨비를 원망하고 미워했다.

'그렇게 누군가를 위해 목숨을 걸면, 내가 뭔가 조금이라도 '괜찮은 존재'가 된 것 같았다.'

그러나 언제까지고, 끝도 없이, 원망에 찬 눈빛을 한 50명의 썩은 손이 아무 데도 갈 수 없게 내 몸을 붙잡고 자꾸만 손톱을 세운다.

무잔을 쓰러뜨리고 죽고 싶다.

'부디 그걸로 내 더러운 피가 정화되었으면 좋겠다.'

이구로는 다시금 상상에 잠겼다.

그러나 언제까지고, 끝도 없이,
원망에 찬 눈빛을 한 50명의 썩은 손이
아무 데도 갈 수 없게 내 몸을 붙잡고 자꾸만 손톱을 세운다.
무잔을 쓰러뜨리고 죽고 싶다.
부디 그걸로 내 더러운 피가 정화되었으면 좋겠다.
도깨비 없는 평화로운 세상에서
다시 한 번 인간으로 새로 태어난다면,
다음번엔 꼭 널 좋아한다고 말할 거야.

도깨비 사냥꾼 따위가 아닌 평범한 청년과 아가씨로서 만났다면, 두 사람은 어떠한 나날을 보냈을까. 벚꽃이 피어난 언덕을 함께 산책하는, 행복한 나날이었을지도 모른다.

'도깨비 없는 평화로운 세상에서 다시 한번 인간으로 새로 태어난다면….'

벚꽃색 머리카락을 가진, 누구보다도 솔직하고 명랑한 너.

칸로지 미츠리.

'다음번엔 꼭 널 좋아한다고 말할 거야.'

귀멸의 칼날

제 8 화 든든한 동료

“앗~ 안 돼, 안 돼, 안 돼, 들어가지 마!! 반대쪽이에요. 저쪽으로 빠져나가세요!!”

눈가만 보이는 복면을 쓴 대원들이 동이 트기 전 거리에서 시민들을 유도 중이었다.

그들은 ‘은(隱)’이라고 불리는 귀살대의 사후 처리 부대. 검객이 도깨비와 싸우고 나면 그 뒤처리를 하는 것이 그들의 일이었다. 지금은 모두가 가방을 메고 있어서 보이지 않지만, 검은 제복의 등에는 ‘隱’이라는 글자가 적혀 있었다.

“지반 침하입니다! 위험하니까 대피하세요!”

지반 침하라는 말은 거짓말이었다. 실제로는 배출된 무한성과 도깨비와의 전투가 시가지를 파괴하고 있었다. 하지만 사실을 말하면 모두가 혼란에 빠져서 수습이 불가능해질 것이다.

대피 중인 사람들이 여기저기서 은에게 질문을 던졌다.

"정말이야?! 어느 근방인데? 불난 데가…."

"불 안 났습니다~!! 괜찮아요~!"

"당신들 경찰관이야?"

"지반 침하 조사대입니다!!"

"경찰한테 의뢰받고 온 거예요!!"

은들은 손과 손을 맞잡고 옆으로 죽 늘어서서 시민이 전투 현장에 들어가지 않도록 애썼다. 또 다른 반은 부상당한 시민을 돕기 위해 분주히 돌아다녔다.

"건물 붕괴에 휘말린 사람은 없는 것 같아."

"이 시간대엔 외출한 사람도 별로 없으니까."

그때였다. "야옹~" 하는 가냘픈 고양이의 울음소리가 들렸다.

깜짝 놀라 돌아본 남성 은 대원은 건물 잔해에 깔린 고양이를 발견했다.

"앗, 고양이다."

삼색 고양이였다. 무너진 나무 벽 잔해에 몸이 끼어서 움직이지 못하는지, 구해 달라며 애처롭게 울고 있었다.

"가엾게도."

은은 무거운 나무판을 들어올렸다.

"자, 나올 수 있겠니?"

고양이는 엉금엉금 기어 나왔다. 어째서인지 작은 가방을 짊어지고 있었다. 그리고 몸이 자유로워지자마자 빠르게 달려나갔다.

"아앗!! 그쪽은 위험해!"

은이 황급히 손을 뻗었지만, 고양이는 격전지 쪽으로 달려가고 말았다.

이 대원은 눈치채지 못했지만, 그 삼색 고양이는 목에 종이 눈을 붙이고 있었다.

타마요의 심부름 고양이 챠챠마루였다.

미츠리를 대원에게 맡긴 이구로는 카부라마루와 함께 전선(前線)으로 뛰어들었다.

무잔은 지친 기색이 조금도 없이 몇 미터나 되는 팔과 대롱으로 맹렬한 공격을 퍼붓고 있었다.

상대하는 것은 주 3명. 칼을 든 사네미와 기유는 근거리에서, 쇠사슬 무기를 다루는 히메지마는 그보다 약간 떨어진 장소에서 응전 중이었다.

이구로가 촉수 공격을 날렵하게 피하면서 일륜도의 칼끝을 무잔을 향해 휘둘렀다.

무잔의 팔에 칼날이 들어갔다. 곧바로 절단면에서 떨어져 나온 부분을 발로 세게 차 버렸다.

'참격과 동시에 걷어차 절단면을 떼어 놔 즉시 재생하는 걸 막는다.'

예상한 대로 팔은 절단면을 고스란히 드러냈다.

'하지만 그래 봤자, 벌 수 있는 시간은 눈 한 번 깜빡할 정도.'

절단면에서 새로운 살이 자라나 눈 깜짝할 사이에 팔이 재생되고 말았다.

별안간 공기가 휘잉 하고 움직여서 이구로는 휘청거렸다. 다음 순간, 주위에 거센 돌풍이 여러 개 발생해 휘몰아쳤다.

'저 주둥이의 들숨!!'

촉수처럼 뻗은 무잔의 팔이나 다리에서 쩍 벌리고 있는 수많은 입. 송곳니를 훤히 드러낸 그 입이 공기를 빨아들여서, 주변의 사물을 끌어당기고 도려내는 것이다.

'성가신 공격이다. 범위가 넓은 데다 강력한 흡입력. 피하기 위해 큰 동작을 취하면서 체력이 몇 배나 깎여 나간다.'

1초….

'동트기까지 남은, 정신이 아찔해지는 이 시간의 단 1초를 벌기 위해.'

하늘은 어두웠다. 태양이 떠오르려면 아직 멀었다.

'귀살대 전원이 목숨마저 내팽개쳐야 된다.'

지는 것은 용납되지 않는다.

'우릴 감싸 준 동료들의 목숨을 헛되이 만드는 건 결코 용납되지 않는다….'

이구로, 기유, 사네미, 히메지마. 그 네 사람은 모두 무잔의 공격을 받고 독에 중독되었다. 그것은 조금씩 그들의 몸을 좀먹고 있었다.

그 증거로 기유가 무잔의 촉수를 일륜도로 쳐낸 직후, 칼이 손에서 튕겨 나가고 말았다.

공중에 떠오른 칼. 칼을 잃은 지금, 기다리는 것은 죽음뿐.

'악력이… 더는….'

기유는 어쩔 도리도 없이 절망적인 표정으로 덮쳐 오는 무잔의 팔을 올려다봤다.

하지만 그 팔을 이구로의 참격과 히메지마의 쇠구슬이 파괴했다!

그와 동시에 기유의 바로 옆 지면에 일륜도가 콱 하고 박혔다.

"멍 때리지 말고!! 죽이자아아!!"

사네미가 외쳤다. 그는 떨어진 일륜도를 주워서 던져 준 것이다. 그것은 주를 감싸고 스러져 간 대원의 칼….

기유는 줄곧 자신은 주가 될 자격이 없다는 마음의 빚을 안고 동료들을 멀리해 왔다. 최종 선별을 자력으로 돌파한 것은 아니었기 때문이다. 동문수학한 소년 사비토 덕분에 목숨을 건지고 기절해 있는 사이에 선별에서 살아남았다. 그 대신 사비토는 죽고 말았다.

그런 자신을 모두가 구해 줬다. 정신이 번쩍 드는 기분이었다.

기유는 이를 악물며 주인을 잃은 일륜도를 뽑아 들고 지면을 박찼다.

"유유(流流) 춤…."

거침없는 물줄기처럼 이동하며 칼을 휘둘렀다. 전후좌우, 그리고 상하로.

'아직 더 싸울 수 있다!! 정신 바짝 차려!! 끝까지….'

유유 춤의 참격이 종횡무진으로 움직이는 무잔의 팔과 대롱을 차례차례 쳐냈다.

'수주(水柱)로서 부끄럽지 않은 싸움을!!'

기유는 다시금 용기를 되찾았다.

주들이 아슬아슬한 싸움을 면치 못하는 한편, 무잔은 어디까지나 침착하게 적들의 움직임을 읽었다.

'예상보다 잘 버티고 있긴 하지만, 이제 곧 모두 죽을 거다.'

동트기까지 1시간 14분.

'세포가 파괴되고 죽을 때까지 이제 5분도 안 걸릴걸?'

무잔의 공격을 피하려고 도깨비 사냥꾼들은 필사적으로 뛰어다녔다. 하지만 머지않아 그마저도 불가능해지리라.

'몸부림치고 또 몸부림쳐도 결국 끝이 난다… 인간은.'

유유(流流)
춤.
아직
더 싸울 수
있다!!
정신 바짝
차려!!
끝까지
수주(水柱)로서
부끄럽지 않은
싸움을!!

하지만, 한낱 몸부림일지언정 인간인 그들은 계속해서 싸웠다.

온몸에 부상을 입은 히메지마가 남은 힘을 쥐어짜서 쇠사슬을 휘둘렀다.

'큰일 났다…. 동트기까지 못 버티겠어…!!'

사네미는 이마와 입에서 피를 흘리면서도 무잔에게 한 발짝이라도 접근하고자 전진했다.

'머리통만 남아도 물고 늘어질 거야…!!'

기유가 쿨럭 하고 피를 토했다.

네 사람 모두 입에서 피를 흘리고 있었다. 움직임도 평소보다 둔해졌다. 몸에 주입된 독 때문이었다. 세포가 파괴되어 가는 격통이 전신에 빠르게 퍼져 갔다.

특히 이구로는 위기감을 느끼고 있었다.

'덩치가 작은 만큼, 난 독이 더 빨리 퍼진다…!! 제기랄….'

네 사람의 얼굴이 점점 창백해지고, 눈도 움푹 꺼졌다. 온몸의 살이 울룩불룩 부어올랐다.

그래도 공격의 손을 멈추지 않았다…. 절대로 멈출 수는 없었다….

그때였다.

무잔의 위쪽으로 뛰어드는 한 마리 삼색 고양이… 챠챠마루였다.

갑작스러운 상황에 무잔은 머리 위를 올려다보며 눈을 부릅떴다.

"?!"

고양이가 동그란 눈으로 아래쪽을 본 다음 순간.

화악!

등에 지고 있던 가방의 뚜껑이 열리더니, 액체가 든 유리관 4개가 발사됐다. 유리관에는 주사기처럼 바늘이 있어서 이구로의 팔에 푹 꽂혔다.

"?!"

기유의 팔에도.

"!! 아뿔싸…!!"

사네미의 허벅지에도.

"빌어먹을!!"

유리관을 피하려고 손을 들었던 히메지마의 손바닥에도.

'이건?!'

?!
!!
빌어 먹을!!
아뿔싸…!!

한편, 무잔은 짜증이 일었다.

갑자기 나타난 삼색 고양이를 팔로 후려쳐서 갈가리 찢었다.

털푸덕 소리를 내며 지면에 떨어진 고양이.

'뭐야, 이놈은?'

무잔은 아연실색해서 움직이지 않게 된 고양이를 내려다봤다.

등에 지고 있던 특수한 가방. 거기서 사출된 유리관. 누군가가 이 고양이를 이리로 보낸 것은 자명한 일이었다.

변형되던 사네미의 얼굴이 스르륵 하고 원래대로 돌아갔다.

"오오?"

몸도 방금 전까지가 거짓말이었던 것처럼 가벼웠다. 굉음을 내며 덮쳐 오는 무잔의 공격을 지금은 날렵하게 피할 수 있었다,

"뭔지는 모르겠지만 지나가던 고양이 덕분에 살았어!!"

사네미는 다시 몸을 날리고 달리면서 칼을 휘두르기 시작했다.

히메지마도 마찬가지였다. 쇠사슬을 다루는 손에 힘이 돌아왔다.

'헝클어진 맥과 몸의 격통이 확 가라앉았다.'

쇠구슬과 손도끼를 교대로 끌어당기고.

'이유는 모르겠지만, 이 엄청난 요행. 분명 일시적인 증상 완화겠지만, 이로써 또다시 계속 싸울 수 있게 되었다!!'

힘을 담아서 무잔을 향해 날렸다.

무잔은 분노에 찬 나머지 몇 초간 잠시 움직임을 멈췄다.

"또 그 계집… 타마요의 사주인가?"

부아가 치밀어서 온몸의 피가 펄펄 끓어올랐다.

"내 세포 파괴를 막는 혈청 같은 물건까지…."

죽어서도 여전히 부아가 치미는 계집이라고 내뱉었다. 그리고 단숨에 전신의 무기를 발동시켰다.

"쓸데없는 발버둥 치지 마라!! 그냥 깔끔하게 죽어, 이 망자들아!!"

콰각, 콰각!

휘몰아치는 폭풍과 충격음. 변형돼서 이빨이 돋친 2개의 팔. 등에서 뻗어 나온 9개의 강력한 대롱.

그것들이 거대한 칼날처럼 날카롭게 일대를 난도질했다.

쾅, 콰각, 쾅!

게다가 몸에 생겨난 무수한 입에 의한 흡인. 거기서 생겨나는 진공은 지면이 됐건 건물이 됐건 무차별적으로 도려냈다.

히메지마가 뒤쪽으로 펄쩍 뛰어서 공격을 피하고.

사네미가 몸을 낮춰서 피하고.

기유는 엄습해 오는 진공을 피해 달렸다.

그리고 이구로는 아주 짧은 시간 동안 각오 하나를 다졌다.

'내가 그 누구보다도 싸움 성과를 올리지 못했다.'

피어오르는 흙먼지 속을 달리면서 생각했다.

'좀 더 효과적인 공격을 가할 수 있다면….'

목숨이 위기에 처했을 때 생물은 폭발적인 힘을 발휘한다.

젓가락보다 무거운 물건은 들어 본 적도 없는 힘없는 손으로도.

'비녀 하나로 저택 감옥의 두꺼운 격자를 파괴할 수 있다는 걸 나는 알고 있다.'

그렇게 해서 이구로는 그 지옥과도 같은 장소에서 빠져나올 수 있었다.

'그리고 토키토, 너는….'

죽기 직전, 백도(白刀)를 붉게 물들여 칼의 색깔과 상관없이 칼날은 붉게 만들 수 있다는 걸 증명해 주었다.

이구로의 꺾쇠 까마귀 유안이 무이치로의 장절했던 싸움과 최후에 대해 알려 줬다.

'까마귀의 보고로 추측컨대, 그 순간 토키토가 할 수 있었던 일은 칼을 힘껏 거머쥐는 것뿐.'

무이치로는 천을 휘감아서 칼자루를 손아귀에 고정시키고 있었다고 들었다.

'강한 충격을 받고, 칼의 온도가 올라간 것 아닐까?'

어쩌면.

'칼날을 붉게 물들이는 건 죽음의 문턱에 자신을 몰아넣어야 비로소 발휘되는.'

그때 줄무늬 두루마기와 대원복에 가려진 이구로의 왼팔과 어깨에 반점이 떠올랐다.

뱀처럼 꿈틀거리는 반점이….

"조임쇠의… 악력."

이구로는 뿌드득 소리가 나도록 이를 악물었다. 입에서 피가 흘렀다. 귀까지 찢어진 흉터가 남은 입에서.

일륜도를 쥔 손에 한계까지 힘을 실었다.

그러자 놀랍게도, 연보라색이었던 도신이 타오르는 것처럼 붉게 변화했다!

하지만….

'붉어지는 검신을 보며 가장 먼저… 실수했다는 생각이 들었다.'

시야의 사방이 하얗게 튀었기 때문이다.

'무잔에게 효과적인 공격을 가하기 위해 검신을 붉게 만들어야겠다고 너무 기를 쓴 나머지….'

모든 힘을 악력에 쏟아부은 이구로는 전투 도중, 산소 결핍에 빠져 실신할 뻔했다.

다리의 힘이 풀리면서 앞으로 고꾸라질 뻔했다.

"이구로…!!"

사네미의 외침이 들렸다. 정신이 몽롱해진 이구로는 그 목소리에 반응하지도 못하고 비틀비틀 전진했다.

'한 명 빠지면 그만큼 다른 사람들의 부담이 커진다.'

무잔의 공격을 분산시킬 수 없다.

'정신 차려. 칸로지 몫까지 싸워야 돼… 내가.'

그렇게 마음속으로 맹세하며 미츠리를 대원에게 맡기고 왔다. 그랬건만.

'안 되겠다… 손 이외에 다른 감각들이 다 날아갔어….'

바로 그때, 무잔의 팔이 이구로를 노리고 금방이라도 날아오려 했다.

기동력을 잃은 이구로는 아직 그것을 알아차리지 못했다. 방금 전에 사네미가 소리친 것은 그 공격을 재빨리 눈으로 포착했기 때문이었다.

콰가각!

아슬아슬한 순간에 기유가 뛰어들어서 공격을 튕겨 냈다. 하지만 이구로의 모습이 없었다. 산산조각이 나 버리고 만 것일까.

'이구로…!! 한발 늦었다…!!'

그 직후, 뭔가의 그림자가 드리웠다. 달빛을 받은 그림자.

"?!"

기유가 올려다보니, 상공에 이구로의 모습이 있는 것이 아닌가.

일륜도를 쥔 채로 건물 지붕에 닿을 정도로 높게 휙 날아 올랐다.

"이구로!!"

기유가 외쳤다.

무잔은 집요하리만치 공중에 떠오른 사주를 쫓았지만, 그의 몸은 마치 뭔가에 강하게 잡아당겨진 것처럼 공중을 이동해서 참격 사이를 빠져나갔다.

하늘을 올려다보던 무잔의 몸에 갑자기 충격이 전해졌다.

"!!"

시선을 떨구자, 오른팔과 오른쪽의 대롱 2개가 찢겨나간 것처럼 거칠게 잘려 있었다.

'뭐지, 이 절단면은?'

절단된 부분을 순식간에 재생시키고 다시 크게 선회시켰다. 그러나.

무잔은 쇠구슬과 손도끼를 휘두르는 암주 쪽으로 시선을 돌렸다.

'이자의 쇠구슬은 아니다.'

쇠구슬이라면 상처 부위가 더 심하게 뭉개졌을 터였다. 풍주를 쳐다봤다.

'이자의 칼로는 이렇게 벨 수 없다.'

풍주의 예리한 칼이라면 깨끗하게 잘려 나갔으리라. 수주 쪽을 힐끔 봤다.

'이자는 다른 놈을 도와주러 가 있었다.'

수주는 사주를 엄호 중이라서 이쪽을 공격하지는 않았다. 더욱이.

'이자도 아니다.'

라며 사주에게로 눈을 돌렸다.

'칼날을 붉게 만들었다고 검신이 늘어날 리는 없으니까.'

저 상공에서 무잔이 있는 지상까지는 아무리 생각해도 칼이 닿지 않는다.

'애당초 피하는 방식의 궤도가 기묘했다.'

뭔가가 잡아당긴 것처럼 보였다.

그러자 그때, 왼팔에도 충격이 가해지면서 똑같은 방식으로 절단됐다.

'또 이 단면.'

더없이 침착하게 상처가 생긴 어깨 쪽을 봤다. 조금 전과 똑같이 살이 억지로 뜯겨진 듯한 단면. 아마도 사용하는 무기는.

'잘리는 맛이 형편없는 날붙이다. 헐거워져 있어.'

무잔의 뇌리에 일륜도가 1자루, 아니 2자루 떠올랐다. 일부러 이가 나가게 만든 그 칼….

'오호라… **있구나**.'

결코 움직임을 멈추지 않은 채 눈만으로 주위를 관찰했다.

눈앞에 있는 암주, 풍주, 수주, 사주 외에도 모습은 보이지 않지만 **있었다**.

'타마요의 도깨비 혈귀술로 모습을 숨기더라도, 움직이는 한은 그 존재를 지울 수 없다.'

흙먼지가 피어오르고, 바람을 가르는 소리가 났다.

'한 명… 두 명… 세 명.'

무잔은 표적을 정확히 겨냥해서 아무것도 없는 허공으로 참격을 날렸다.

화악!

그 한 방으로 환하게 불이 켜진 것처럼 모습을 드러낸 세 사람.

아가츠마 젠이츠!

츠유리 카나오!

그리고 하시비라 이노스케!

세 사람은 일륜도를 단단히 쥐고 그곳에 있었다.

그들 주위로 찢어진 종이눈이 하늘하늘 공중에 흩날렸다.

세 사람의 모습이 아무에게도 보이지 않았던 것은, '눈가리개' 혈귀술의 종이눈을 몸에 붙이고 있었기 때문이다.

"아야아앗!! 내가 미쳐어어어!!"

노란 머리의 젠이츠가 언제나처럼 듣기 싫은 고음으로 울부짖으면서도 무잔에게 맞섰다.

젠이츠는 상현6이 된 사형 카이가쿠와 무한성 내에서 싸운 지 얼마 안 돼서, 온몸에 상처를 입고 꿰맨 상태였다. 비늘무늬 노란 두루마기는 너덜너덜하게 찢어졌고, 이곳저곳에 피가 번져 있었다.

카나오가 눈썹을 치켜세우고 분한 듯이 입술을 깨물면서, 칼을 들고 달려갔다.

"큭…! 이렇게 빨리 알아챌 줄이야…!!"

상현2 도우마와의 싸움에서 사용한 기술 '피안주화'로 인해 카나오의 오른눈은 색이 변하고 거의 보이지 않게 됐다.

하지만 아직 충분히 싸울 수 있었다. 코쵸우 카나에의 유품이었던 머리 장식은 전투 중에 부서지고 말았지만, 지금은 시노부의 유품인 머리 장식을 달고 있었다.

"아… 파아아앗!! 이 똥벌레가!!"

라고 멧돼지 가죽을 뒤집어쓴 이노스케가 질주하면서 호통을 쳤다.

항상 훌러덩 벗고 다니는 상반신이었지만, 지금은 붕대를 둘둘 감고 있었다. 그 역시 무한성에서 상현2와 싸웠다. 심각한 부상을 입으면서도 모친의 원수 도우마의 목을 잘라 냈다.

세 사람이 별안간 모습을 보이자 주들도 경악했다.

"!! 너희 살아 있었구나…!!"

히메지마의 목소리에 이노스케가 우렁차게 대답했다.

"죽을 것 같냐, 이 얼간아!!"

칼날이 너덜너덜한 칼을 양손에 쥐고 높이 들고는 의기양양하게 뛰어올랐다. 무잔의 팔을 벤 것은 바로 이 2자루의 칼이었다.

뛰어올랐을 때 허리에 두른 가죽의 안쪽에서 몇 장이나 되는 종이눈이 와르르 쏟아져서 이노스케의 주변에는 온통 종이눈 천지가 됐다.

"그리고 난 이 종이를 많이 갖고 있다고!!"

이노스케는 무잔을 향해 으름장을 놨다.

"왕창 주워 왔거든!! 몇 장 잘리더라도 산더미처럼 있어! 네놈의 공격 따윈…."

말을 다 끝내기도 전에 촉수 공격이 덮쳐 왔다.

"우와아아앗!!"

간발의 차로 뛰어서 피했지만, 히메지마에게 혼나고 말았다.

아야
아앗!!
내가
미쳐어
어어!!
크….
이렇게
빨리 알아챌
줄이야…!!

"쓸데없는 소리 하지 마!!"

새롭게 나타난 도깨비 사냥꾼들을 해치우고자 무잔은 연이어서 공격을 퍼부으려 했다.

그런데 그때, 그의 몸 가까이에서 어떤 기척이 느껴졌다.

"!"

거대한 뱀처럼 크게 넘실거리는 궤적. 은밀하게 간격으로 들어온 사주가 물 흐르는 듯한 움직임으로 혁도를 휘두른 것이다.

양팔과 대롱 여러 개가 후둑후둑 잘려 나갔다.

무잔은 투지를 불태우면서 절단면에 의식을 집중했다.

그런데 순식간에 재생될 터인 몸이 반응하지 않았다. 약간의 시간을 두고 팔이 주륵 자라났다.

그 모습을 본 사네미가 흥분해서 웃으며 소리쳤다.

"더디다!! 붉은 칼날에 베이면 무잔도 재생이 더뎌져!"

그 틈을 이용해 카나오는 재빨리 눈가리개 종이눈을 이마에 붙여서 모습을 스윽 감췄다.

젠이츠도 "히이이익!!" 하고 눈물을 흘리고 부들부들 떨면서도 종이눈을 붙이고 사라졌다.

이로써 무잔의 눈에는 보이지 않게 된 두 사람이 동시 공격을 펼쳤다.

"꽃의 호흡 제4형 홍화의(紅花衣)!"

"번개의 호흡 제1형 벽력일섬(霹靂一閃)!"

카나오가 송곳처럼 간격에 파고들어서 무잔의 팔과 대롱을 단숨에 베었다.

젠이츠의 벼락과도 같은 강렬한 일격이 번쩍였다.

응전하는 무잔이 눈을 부릅뜨면서 고함을 쳤다.

"시시한 잔재주만 부리지 마라!! 이 파리떼들아!!"

그러나 카나오와 젠이츠에게 정신이 팔려 있던 그 몸에 휘감기듯이 칼의 궤적이 춤을 췄다.

"뱀의 호흡 제3형… 똬리 조이기."

가로, 세로, 그리고 대각선으로… 붉은색으로 변한 이구로의 일륜도가 온갖 각도에서 무잔을 베었다.

혁도에 베인 절단면은 재생이 더뎠다. 잠시나마 시간을 벌 수 있었다. 히메지마는 자세를 낮추고 쇠사슬을 다루는 양팔에 힘을 실었다.

'이구로의 혁도(赫刀)에 이어 인원수가 늘어난 건 고마운 일이다!! 아주 잘 와 주었어!!'

그런 다음 쇠사슬을 단숨에 끌어당겼다.

'약간이나마 여유가 생겼다. **그걸** 할 수 있겠어!!'

쇠사슬과 함께 부웅 소리를 내며 끌어당겨진 쇠구슬과 손도끼.

콰아아앙!

2개의 무기가 충돌하면서 불똥이 튀었다. 치직 하고 타들어 가는 소리. 붉게 색을 바꾼 강철….

'타들어 가는 냄새와 열!! 그때처럼 색깔이 달라졌다!!'

히메지마는 곧바로 쇠구슬을 날렸다.

'오래 가진 않겠지만 공격력은 상승한다!!'

위험을 감지한 무잔이 돌아봤지만, 한발 늦었다.

"!!"

쿠웅!

쇠구슬은 낮고 묵직한 소리를 내면서 무잔의 왼쪽 어깨와 격돌해 팔과 겨드랑이까지 전부 날려 버렸다. 상처가 워낙 깊어서 등뼈가 보일 정도였다.

"……."

무잔은 말없이 고개를 숙이고 입술을 깨물었다. 미간을 찡그리면서 초조함을 여실히 드러냈다.

한편 공격의 실마리를 찾아낸 귀살대는 쉬지 않고 박차를 가했다.

사네미가 칼을 옆으로 눕히고 질주했다.

“토미오카아아아!! 받아아아아!!”

“?!”

돌아본 기유는 순간 당황했지만, 즉시 사네미의 의도를 이해하고 칼을 겨눴다.

채애애앵!

두 사람의 일륜도가 교차했다. 히메지마의 무기와 마찬가지로, 치직 하고 타들어 가는 소리가 난 직후.

‘?! 검신이 붉게…?!’

기유의 눈이 휘둥그레졌다.

사네미의 일륜도… 초록색을 띠던 도신이 붉은색으로 바뀌었다.

기유가 사용하던 것은 목숨을 잃은 대원의 일륜도. 그것마저도 붉게 변화했다.

그때, 종이눈을 단 꺾쇠 까마귀가 상공을 날았다.

“까아아악!! 동틀 때까지 1시간 3분!!”

사네미가 소리 높여 웃었다.

까아아악!!
동틀 때까지
1시간 3분!!
그 정도면
충분해.
박살내
주마아아아!!!

"그 정도면 충분해! 박살 내 주마아아아!!!"

독이 다 빠지지 않아 군데군데 살이 부어오른 몸으로 두 사람은 기염을 토했다.

그 손에 쥐고 있는 것은 혁도였다.

귀멸의 칼날

제 9 화 어느 쪽이 도깨비인지

그 무렵 뒷골목에서는.

무잔의 공격과 함께 대량의 독을 주입당하고 만 탄지로가 생사불명인 채로 쓰러져 있었다.

곁에는 무라타와 타케우치, 그리고 유시로.

유시로는 아까부터 주사기를 사용해 탄지로의 팔에 연거푸 약을 놓고 있었다.

탄지로의 머리를 무릎에 올리고 목의 맥박을 짚고 있던 타케우치가 불안해져서 물었다.

"벌써 몇 대째야?! 그렇게 놔도 괜찮은 거야?"

"시끄러, 입 다물어. 무잔의 공격을 받고 시간이 좀 흘러서 상당히 심란한 상태라고."

유시로에게 면박을 당하자 시무룩해져서 "죄송합니다."라고 고개를 숙이는 타케우치.

그 옆에서는 무라타가 탄지로의 손가락을 벌리려고 애를 쓰고 있었다.

"으그극."

"넌 뭘 하고 있는 거야?"

심기가 매우 불편해 보이는 표정으로 유시로가 말했다.

"아니, 칼을 좀… 빼 주려고…."

오른손에 일륜도의 칼자루를 단단히 쥔 채로 탄지로는 실신해 있었다. 몸의 부담을 덜어 주고자 무라타는 경직된 그 손을 벌리려고 했던 것이다.

"근데 칼을 안 놔, 계속. 의식이 없는데도 엄청난 힘으로…."

"…이 녀석에겐 아직 싸우러 가야겠다는 의지가 있는 거겠지."

유시로의 담담한 목소리. 만신창이인 것은 탄지로만이 아니었다. 유시로의 얼굴도, 무라타와 타케우치의 얼굴도 피와 먼지로 더러워지고, 몸에는 상처가 가득했다.

타케우치가 놀라서 외쳤다.

“앗. 맥이!!”

“어?!”

“맥이 돌아왔어!!”

타케우치는 손끝으로 느껴지는 탄지로의 맥박에 의식을 집중시켰다.

“상당히 미약하지만 맥이!!”

무라타가 탄지로의 얼굴을 들여다보면서 큰 소리로 이름을 불렀다.

“탄지로!! 힘내!! 제발 돌아와!!”

무라타의 얼굴은 피와 눈물과 콧물로 엉망진창이었다. 타케우치도 함께 불렀다.

“탄지로!! 탄지로!!”

“이제 곧 동이 틀 거야!”

“탄지로, 무잔을 쓰러뜨리러 가자! 여기까지 몰아넣었으니, 우리 함께 쓰러뜨리자!”

“탄지로!!”

“탄지로!!”

손목의 맥을 짚고 있던 유시로는 침착하게 탄지로의 상태를 지켜봤다.

'맥이 약해지고 있다…. 다 틀린 건가…?'

탄지로는 인간이다. 맥박이 끊어지고, 심장이 움직이지 않게 되면 생명이 끝나고 만다.

"이러다 무잔 도망치겠어! 빨리 가야 해!"

무라타가 그렇게 외친 때였다. 갑자기 어디서 울리는지 모를 기묘한 소리.

뿌득….

화들짝 놀란 세 사람의 몸이 얼어붙었다.

뿌드드득… 뿌득, 뿌드드득….

"뭐, 뭐지, 이 소린…?"

"?!"

타케우치와 무라타가 주위를 둘러보는 가운데, 유시로가 침착하게 말했다.

"칼이야."

"뭐?!"

그것은 맹렬한 힘으로 쥔 칼자루가 삐걱거리는 소리. 탄지로의 악력은 어마어마해서, 칼 전체가 잘게 진동하기 시작했다.

우직!

하고 소리가 갑자기 멈춘 그 순간.

탄지로의 남아 있는 오른쪽 눈이 번쩍 떠졌다.

격전장은 주 4명, 대원 3명의 맹공격이 한창이었다.

응전하는 무잔의 팔과 대롱이 굉음을 내면서 주위의 건물과 지면을 파괴했다.

그 상황을 건물 뒤에 대기하면서, 거친 숨을 몰아쉬며 지켜보는 은이 있었다.

고토였다.

삼백안인 이 남자도 탄지로 일행과 인연이 있었다. 나타구모산과 유곽에서의 전투에서 부상당한 탄지로 일행을 회수한 것이 바로 그였다.

'괴… 굉장하다!!'

그 무잔이 주들의 위세에 밀리고 있었다. 히메지마의 쇠구슬에, 기유와 사네미, 이구로의 칼에 슬금슬금 포위되는 중이었다. 고토의 눈에서 자연스레 눈물이 흘러넘쳤다.

'혹시 성공하는 거 아냐? 동틀 때까지 버틸 수 있을지도.'

그렇게 생각하자마자 몸이 부들부들 떨리기 시작했다.

'드디어 쓰러뜨릴 수 있다, 무잔을…!!'

히메지마가 촤라락 하고 쇠사슬을 강하게 끌어당겼다.

그 기세에 쇠사슬 끝에 달린 2개의 무기는 진자처럼 크게 출렁여서 쇠구슬 쪽이 무잔의 옆구리에 격돌했고….

퍼억!

붉은 쇠구슬은 갈비뼈째로 옆구리를 도려내서 무잔의 몸에 큼직한 구멍을 뚫었다.

질주하는 사네미는 땅바닥에 흩어져 있던 종이눈 1장을 주워서 이마에 붙이고 달렸다. 이로써 사네미의 모습도 무잔의 시야에서 사라졌다.

그러자 동시에 바삐 움직이는 카나오 일행의 모습이 보이게 됐다. 이노스케가 부산스럽게 뒤를 돌아보면서 외치고 있었다.

"젠이츠!! 카나오!! 나도 저거 하고 싶어, 칼날 붉게 만드는 거!!"

"쉽게 할 수 있는 게 아니야!! 우선 완력이 같은 수준이 아니면…."

젠이츠는 말없이 눈물과 콧물을 흘리면서, 이를 악물고 달리고 있었다.

'오호라, 이 부적을 붙이고 있는 사람들끼린 서로 보이는구나?'

종이눈의 사용법을 터득한 사네미가 씨익 웃었다.

'재미있는데? 써먹을 수 있는 건 뭐든지 써먹어야지.'

"바람의 호흡 제7형! 경풍(勁風) 텐구 바람!"

보이지 않는 모습으로 몸을 있는 힘껏 비틀어서, 재빨리 칼로 베고 지나갔다. 무잔 입장에서는 아무것도 없는 곳에 별안간 소용돌이가 생겨난 것처럼 보였으리라.

게다가 사네미의 일륜도 역시 붉었다. 상처는 쉽게 재생되지 않았다.

히메지마는 바로 다음 전략을 짜기 시작했다.

'약간의 여유지만, 전력이 늘어나 집중할 수 있게 되었다.'

지금이야말로 속을 들여다보는 감각으로 무잔의 몸을 포착하면, 싸움에 효과적인 정보를 얻을 수 있을 것이 분명했다.

공격을 늦추지는 않으면서 의식만을 집중시켰다.

'소리의 반향을 잘 들어 보자. 감지했던 그때처럼.'

소리의 반향을 통해서… 무잔의 움직임이 서서히 **보였다**.

그리고 움직임이 시작되는 곳… 피부를 통과하고… 근육을 통과해서… 뼈보다도 더 안쪽으로….

하지만 히메지마는 자신이 **본** 것에 전율했다.

'뇌와 심장이 여러 개 있다!!'

뇌는 두개골 안쪽뿐만 아니라 배 속에도 있다는 것을 알 수 있었다.

9개의 대롱이 돋아난 등의 안쪽에는 지금 보이는 것만으로도 심장이 좌우 가슴에 2개. 팔과 다리에까지 있고, 제대로 맥동하고 있었다.

'믿기 어렵구나!! 무잔 이 남자!!'

전부 다 해서 심장이 7개, 뇌가 5개.

'장기라는 복잡한 물체를 한 개체의 보유수도 뛰어넘어 만들어 낼 수 있다니!!'

'이것이…!!'

이자가 목이 절단되어도 죽지 않는 이유.

그뿐만이 아니었다. 히메지마의 예리한 감각은 더욱더 놀라운 사실을 발견했다.

'심지어 이 뇌와 심장은 이동한다!!'

위치도 일정하지 않아 공격 난이도도 높았다.

'아냐!! 그래도 나처럼 속을 투명하게 감지할 수 있는 자가 있으면…. 그리고 12군데를 동시에 공격할 수 있으면…!!'

가능할 터였다. 자신 외에 다른 사람도 몸속을 꿰뚫어 보는 감각을 사용할 수 있을 것이다.

"이구로…!! 몸을 주시해."

공격을 피하며 칼을 휘두르는 이구로에게 히메지마는 외쳤다.

"혹시 보이는 방식이 좀 다르지 않아? 다른 사람이라도 좋으니!!"

이구로는 무잔 쪽으로 시선을 돌렸다.

"혹시 몸속이 투명하게 들여다보이지 않아?"

히메지마가 시키는 대로 몸을 주시했다. 머지않아 그의 얼굴에 놀라움의 빛이 번졌다.

'이건…?'

무잔의 피부가 투명해지면서 근육과 뼈, 심지어 장기까지 고스란히 떠올랐다.

'방금 순간적으로 몸속이 들여다보였는데?'

그러나 그때, 사태가 격변했다.

콰아앙!!

무잔이 서 있는 장소에서 기괴한 소리가 발생했다.

충격파일까? 마치 거대한 압력이 가해져서 공간 그 자체가 파열한 것 같은 소리였다.

다음 순간, 쿠웅! 하는 땅울림 소리가 나면서 지면이 치솟는 것처럼 흔들렸다. 그 진동 때문에 건물 뒤에서 대기 중이던 고토가 휘청거렸다.

"우와앗."

간담이 서늘해진 고토는 골목에서 고개를 내밀어 전투가 벌어지는 구역을 조심스레 엿봤다.

'? 뭐지, 방금 이 소리와 진동?'

저 멀리 보이는 것은 폭격을 받은 것처럼 파괴된 지면과 건물.

그 중앙에 서 있는 것은 무잔 한 명이었다.

'어라? 다들 어디 갔지?'

그렇게나 격렬했던 공방의 소리도 뚝 그쳐서 일대는 쥐 죽은 듯이 고요했다.

'?? 어?'

불길한 예감이 들었다. 고토의 심장이 철렁 내려앉은 다음, 빠르게 두근두근 뛰기 시작했다.

'어?'

건물 모퉁이에서 한 걸음 걸어 나온 고토는 자신의 눈을 의심했다.

믿기지 않는 광경이 펼쳐졌다….

제대로 의식을 유지하는 사람이 없었다. 의식은커녕 숨을 쉬는 사람마저 없는 것처럼 보였다. 모두 방금 전의 충격파를 맞아 튕겨나갔는지, 건물 벽을 뚫고 잔해에 파묻히듯 쓰러져 있는 것이 아닌가.

히메지마의 왼다리는 허벅지 아래가 사라졌다.

사네미는 거세게 날아갔는지, 건물 2층 벽을 뚫고 들어가서 다리만이 바깥으로 튀어나와 있었다.

피 웅덩이 속에 엎드린 자세로 쓰러진 기유는 오른팔이 칼을 쥔 채로 절단되었고.

벽에 뚫린 구멍 밖으로 상반신이 힘없이 늘어져 있는 이구로.

벽에 균열이 생길 정도로 세게 충돌한 젠이츠는 실이 끊어진 꼭두각시 인형처럼 맥없이 주저앉아 있었으며.

꿀럭
너무
빠르다.

땅바닥에 쓰러진 이노스케는 등에서 대량의 피를 흘리고, 칼 1자루는 두 동강이 나 있었다.

그런 와중에 딱 한 명, 홀로 움직이는 자가 있었다.

카나오였다.

두 쪽으로 잘린 종이눈이 이마에서 후두둑 떨어지고, 그녀는 쿨럭 하고 피를 토했다.

'너무… 빠르다.'

부러진 일륜도를 꽉 쥐면서 지면에 털썩 무릎을 꿇었다.

땀과 피로 범벅이 된 카나오는 공포로 눈을 부릅뜨면서 눈앞의 단 한 점만을 응시했다.

그 시선 끝에 있는 것은 무잔.

손을 뻗으면 닿을 만큼 가까운 장소에 서서 냉철한 표정으로 카나오를 내려보고 있는.

'빨리… 일어서…. 다리….'

무잔이 내뿜는 어마어마한 위압감. 그 앞에서 카나오는 돌이 되어 버린 것처럼 움직이지 못했다.

'…움직여…. 쓰러트려… 이놈을….'

무잔을 쓰러트리기 위해 오늘 이 순간까지 싸워 왔다.

모두가 안전하게 살 수 있게,

또다시 슬픈 일을 겪지 않아도 되게,

'이놈 때문에 모두의 가족도 살해당했다.'

나비 저택에서 기다리는 아오이와 키요, 스미, 나호의 가족은 일찍이 도깨비에 의해 목숨을 잃었다.

그 아이들을 지키고 싶었다. 그러니까.

'죽어도 쓰러뜨릴 거야.'

인신매매자에게 팔린 카나오를 거두어서 여동생으로 삼아 준 카나에와 시노부처럼.

'나도… 언니처럼 끝까지 제대로 싸울 거야.'

고토가 반사적으로 달려갔다.

"안 돼~!!"

카나오가 있는 장소까지는 거리가 있어서, 달려가 봤자 이미 때는 늦었다. 늦지 않는다 해도 목숨을 잃게 될 뿐이었다. 그래도 고토는 달리지 않을 수 없었다.

무잔의 왼팔이 무정하게 올라갔다.

그 팔이 카나오를 덮치기 직전의 순간이었다.

눈앞에 나타난, 타오르는 화염 같은 환영(幻影)!

그것은 소용돌이치면서 무잔의 움직임을 저지한 다음, 눈

두근
빨리
일어서.
다리.
움직여.
쓰러뜨려.
이놈을.

깜짝할 사이에 지나갔다.

"히노카미 카구라… 휘휘은광(輝輝恩光)."

무잔이 깨달은 순간에는 이미 왼팔이 절단되었고, 단면에서는 치직 하고 타들어 가는 소리가 났다.

경악해서 뒤를 돌아보니, 멀리 떨어진 곳에 바둑판무늬 두루마기를 입은 사람이 보였다. 귀살대의 검은색 제복을 입은 남자와, 여자 도깨비 사냥꾼의 모습도.

갑자기 나타난 탄지로가 참격을 날린 뒤, 순식간에 카나오를 구출해 낸 것이다.

탄지로는 품에 안고 있던 카나오를 지면에 내려놓았다. 카나오는 탄지로를 올려다보면서 비통한 표정으로 눈물을 뚝뚝 흘렸다.

"탄지로, 탄지로…."

"응, 늦어서 미안해."

그는 카나오를 고토에게 맡겼다.

"부탁 좀 드릴게요."

히노카미
카구라
휘휘은광
(輝輝恩光).

"으… 으응…."

그의 얼굴을 본 고토는 그렇게 대답하는 수밖에 없었다.

벌떡 일어선 탄지로에게 무잔의 차가운 목소리가 날아왔다.

"참으로…."

그를 돌아본 탄지로의 얼굴은.

원래 이목구비가 가려질 만큼 심하게 변형되어 있었다.

"추악한 꼴이구나. 이러면…."

오른쪽 눈부터 이마, 뺨에 걸쳐서 다른 생물이 달라붙은 것처럼 검붉은 살점이 불룩 튀어나와 있었다.

핏발이 선 왼눈의 흰자. 피로 얼룩진 전신… 그렇다, 이러면 마치.

"어느 쪽이 도깨비인지 알 수가 없는데? 카마도 탄지로."

탄지로의 모습 위로 어느 검객의 모습이 겹쳐졌다.

츠기쿠니 요리이치.

몇백 년도 전, 천 팔백 개의 살점으로 흩어져 도망쳐야 할 만큼 무잔을 위기에 몰아넣었던 단 한 명의 도깨비 사냥꾼.

"…몹시 역겨워."

무잔이 툭 내뱉듯이 말했다.

탄지로는 표정이 사라진 눈동자로 담담히 대답했다.

“이제 끝을 내자… 무잔.”

귀멸의
칼날

제 10 화 돌고 도는 인연

의식을 잃은 동안, 탄지로는 신기한 광경을 보고 있었다.

몇백 년 전으로 거슬러 올라가는 과거에 있었던 일을 스미요시라는 남자가 되어 체험한 것이다.

이마에 반점이 있는 검객… 요리이치가 스미요시의 집에 찾아왔고, 스미요시는 그의 처지에 관한 이야기를 들었다.

그것은 괴롭고 슬픈 과거 이야기. 자신을 책망하고, 마음이 몹시 지쳐서 하염없이 울던 요리이치에게 스미레가 꽃을 내밀었다. 마당에 피어 있던 흰색과 연분홍색이 도는 일일초였다.

스미레가 자그마한 손으로 건넨 꽃을, 요리이치는 큰 키를 숙여서 받아들었다. 그런 뒤에….

'수백 번 설명해 주는 것과 함께, '정답 형태'를 한 번 보여 주면 이해도가 확 달라진다.'

그런 뒤에 스미요시 일가는 볼 기회를 얻었다.

'나는 그저 꿈을 꾸고 있는 것뿐일지도 모른다…. 그래도….'

그때, 스미요시의 안에 있던 탄지로는 그렇게 생각했다.

'아주 미세한 손목 각도의 차이. 발 움직임의 차이, 호흡의 간격을 알고, 자신의 군더더기 동작을 깨달았다.'

스미요시 일가와 함께 탄지로도 그것을 본 것이다.

요리이치의 '해의 호흡'을.

'요리이치 씨는 조용하고 소박한 사람이었다.'

스미레로부터 건네받은 일일초를 요리이치는 한동안 가만히 바라봤다. 방금 전까지 울었던 터라 아직 눈가가 빨갰다.

2가지 색으로 이루어진 꽃은 마치 요리이치에게 '언제까지나 당신과 함께 있을게요'라고 말하는 것처럼 다정하게, 따스하게 피어 있었다.

'스야코 씨가 검술 형태를 보고 싶다, 보고 싶다, 졸라 대면 보여 주는 친절한 사람이었고.'

요리이치는 일일초를 스미레에게 건네준 다음, 마당의 탁트인 장소로 걸어갔다.

그러고는 물 흐르는 동작으로 칼집에서 칼을 뽑아 높이 들었다.

'스미요시 씨는 그것을 자세히 지켜보았다. 하나도 놓치지 않고 그 눈동자에 새겨 넣었다.'

칼은 아름다운 호를 그리면서 머리 위에서 단숨에 아래로 내리쳐졌다.

히노카미 카구라의 '원무'와 같은 움직임이었다.

요리이치의 검은 그다음에도 멈추지 않고 허공을 베었다.

때로는 타오르는 일륜과도 같은 원을 그리고, 때로는 일렁이는 아지랑이와도 같은 궤적을 남기면서.

'해의 호흡의 형태는 숨 쉬는 것도 잊을 만큼 고왔다.'

너무나도 아름다웠다. 훗날 카구라 춤으로 계승된 이유를 알 것 같았다.

'검을 휘두를 때, 요리이치 씨는 인간이 아니라 정령처럼 보였다.'

아무리 격렬하게 검을 휘두르고, 땅을 박차서 뛰어올라도, 결코 쓸데없는 힘이 들어가지 않았다. 호흡이 흐트러지는 일도 없거니와, 표정이 일그러지지도 않았다.

그리하여 조용히, 그리고 엄숙하게 요리이치는 모든 형태를 마치고 칼을 집어넣었다.

'스야코 씨와 자식들이 좋아라 들떠 있으면, 쑥스러운 듯이 고개를 숙였다.'

어느새 칼을 뽑기 전의 소박한 요리이치로 돌아와 있었다.

'또 놀러 오세요, 라고 했지만 헤어질 때 요리이치 씨는… 스미요시 씨에게 귀고리를 주었다.'

스미요시의 손바닥에 놓여진 일륜 문양의 귀고리.

'아아… 요리이치 씨는 이제 여기에 안 오겠구나, 라고 생각했다.'

갓난아기를 업은 스미요시와, 스미레를 품에 안은 스야코는 요리이치를 배웅했다.

단풍으로 물든 나무숲 사이에서 나타난 요리이치는, 다시 나무숲 사이로 사라져 갔다.

'점점 멀어져 가는 서글픈 뒷모습에 눈물이 났다.'

"요…."

그러자, 스미요시가 저도 모르게 그의 이름을 불렀다.

"요리이치 씨! 후세에 연결하겠습니다! 당신이 지켜 주신 목숨으로… 우리가!”

멀리서 요리이치가 뒤를 돌아봤다.

“당신은 절대로 가치 없는 사람이 아니에요!! 행여 아무것도 이룬 게 없다고 생각지 마세요!”

평소에는 온화한 스미요시가 격앙되어 토로하는 모습을 스야코는 말없이 지켜봤다.

“그런 소린 절대 아무도 못 하게 할 거니까! 내가….”

눈물을 흘리면서 그렇게 외치는 사람은 스미요시이기도 하며, 탄지로이기도 했다. 몇백 년 전의 사람인 스미요시의 심정은 그대로 탄지로의 심정이기도 했던 것이다.

“이 귀고리도, 해의 호흡도 후세에 전할게요! 약속합니다!!”

거기까지 말할 즈음에는 숨이 차올라서 헉헉거렸다.

요리이치는 한동안 그 자리에 가만히 서 있었지만, 이윽고 눈꼬리를 내리며 웃었다.

“고마워.”

따스하고 환한 미소. 스미요시가 지금까지 본 적 없는 요리이치의 표정이었다.

요리이치는 청년답게 활기차게 웃으며 스미요시 일가에게 손을 흔들고 떠나갔다.

'요리이치 씨, 나야말로.'

지금 탄지로는 일륜도를 똑바로 겨누고 무잔과 대치 중이었다.

'우리 조상을 구해 줘서 고마워요.'

당신이 없었다면 우린 태어나지도 못했을 거예요.

당신이 믿고 놓아준 타마요 씨의 협력 덕분에 무잔을 궁지에 몰아넣을 수 있었습니다.

'당신이 보여 준 해의 호흡으로 나는 싸울 수 있습니다.'

카마도 가문이 '히노카미 카구라'라고 부르며 대대로 전해 온 춤의 형태.

아버지 탄쥬로는 춤출 때의 팔의 각도나 몸의 중심을 두는 방법 등을 하나하나 친절하게 탄지로에게 가르쳐 줬다. 부자간의 즐거운 한때였다.

'12개의 형태는 놀라울 정도로 정확하게 전해졌습니다.'

수백 년이나 흘렀는데도….

원무. 푸른 비단 하늘. 열일홍경. 환일홍. 화차. 작골염양. 양화돌. 비륜양염. 사양전신.

휘휘은광. 햇무리의 용 두무. 염무.

'당신이 보여 준 형태도 12개였습니다.'

심지어 모든 형태가 히노카미 카구라와 정확히 일치했다. 하지만 센쥬로가 보낸 편지에 따르면 '역대 염주의 서'에는 한 가지 더, 13번째 형태가 존재한다는 내용이 적혀 있다고 했다.

'염주가 들었다는 13번째 형태에 대해 계속 생각해 보았다.'

형태의 이름에 대해 신경 쓰이는 점이 있었다.

'원무'와 '염무'. 같은 발음의 기술명*.

'그리고 아버지가 하신 말씀.'

'올바로 호흡할 수 있게 되면, 탄지로도 계속 춤출 수 있다'.

'아버지는 동이 틀 때까지 히노카미 카구라를 추셨다. 계속.'

그리고 지금, 무잔의 몸 구조를 보고 확신했다.

아마도 12개의 형태는 반복함으로써 둥근 고리를 이루고, 13번째 형태가 되는 것이다.

'무잔의 공격을 뚫고, 뇌와 심장을 계속 베는 것이다, 동이 틀 때까지.'

※원무(円舞)와 염무(炎舞)의 일본어 발음이 '엔무'로 같다.

12개의 형태는 원무와 염무로 전부 연결된다.

'황당무계한 일이다… 분명 난 지옥을 보게 되겠지.'

눈앞에 있는 무잔은 냉철한 표정으로 그저 조용히 탄지로를 응시하고 있었다. 그의 등에서 뻗어 나온 9개의 대롱은 공중에서 쉴 새 없이 꿈틀꿈틀 움직였다.

'나에겐 요리이치 씨나 아버지와 같은 재능이 없다.'

어디 그뿐인가, 목숨이… 동틀 때까지 버텨 줄지 어떨지도 잘 모르겠다. 독이 퍼지고, 오른눈이 완전히 가려진 상태로.

'더욱이 무잔의 도주를 어떻게 저지할 것인지.'

요리이치에게 베인 무잔의 육체는 폭발하듯이 터져서 도망쳤다고 했다. 여기서 놓친다면, 또다시 몇십 년이나, 몇백 년이나 도깨비가 인간을 잡아먹는 세상이 계속될 것이다.

'자신감을 잃는 이유도 잘 알 것 같다.'

전국시대에 살았던 염주도, 염주였던 렌고쿠 신쥬로도 이 중압감과 싸웠음이 틀림없었다.

'요리이치 씨조차 하지 못한 일을 과연 내가 할 수 있을까?'

탄지로는 핏발이 선 왼눈을 크게 부릅떴다.

그리고 뿌드득 소리가 나도록 칼자루를 강하게 다잡았다.

도신에 '滅' 자가 새겨진 이 칼은 기계인형 요리이치 영식(零

式)의 몸 안에서 발견된 칼이다. 그리고 화염의 형태를 본뜬 날밑은 렌고쿠 쿄쥬로의 유품….

'그래도 나는 지금의 내가 할 수 있는 일을 힘껏 하겠어.'

마음을 불태워라.

지지 마라.

꺾이지 마라.

그 마음을 가슴에 품고, 탄지로는 단숨에 달려 나가 칼을 휘둘렀다!

그와 동시에 무잔 쪽에서도 강렬한 촉수 공격을 전개했다.

채애앵!

덮쳐 오는 참격. 그것을 칼로 쳐내고 적의 간격으로 뛰어드는 탄지로.

왼눈은 무잔을 열심히 쫓았다. 깜빡이지도 않고 그저 무잔만을.

탄지로의 입술에서 풀무로 일으켜진 불길처럼 쿠오오 하는 호흡음이 새어 나왔다. 그것은 차츰 격한 소리로 변해 갔다.

화르륵….

소리와 함께 일륜도에 감도는 기백도 격렬해졌다. 마치 도신 전체에서 태양의 홍염이 활활 뿜어져 나오는 듯한 무시무시함.

탄지로는 칼을 수평으로 겨누고 돌진했다.

콰가가각!!

무잔의 참격과 일륜도가 정면으로 충돌하고, 곧바로 탄지로는 재빠르게 칼을 가로로 휘둘렀다.

무잔에게는 탄지로의 모습이 요리이치로 보인 듯했다. 같은 귀고리. 같은 검술 동작.

"이 망령이…!!"

무잔은 분노를 가감 없이 드러내며 눈을 부릅뜨더니, 다시금 그 맹렬한 충격파를 방출했다.

퍼억!!

탄지로의 전신에 확 하고 압력이 가해졌다. 피를 토할 만큼 묵직한 압력에 짓눌릴 것 같았지만, 재빨리 중심을 낮춰서 버텼다.

'보인다.'

무잔이 공격을 펼친 그 짧은 시간에 몸의 전모, 다시 말해서 모든 무기를 본 것이다.

'알았다. 모두가 당한 이유를.'

등에 달린 9개의 대롱과 두 팔. 거기에 더해서.

그래도 나는
지금의 내가 할 수 있는 일을 힘껏 해야겠다.
마음을 불태워라.
지지 마라.
꺾이지 마라.

'그것을 능가하는 속도의 대롱을 허벅지에서 8개 끄집어내 공격하고 있는 거다.'

허벅지에서 끄집어낸 대롱은 빠른 데다 평상시에는 다리 살 속에 들어가 있어서 보이지 않는다. 그래서 언제 어느 방향에서 습격 받을지를 도무지 예상할 수 없는 것이다.

'무잔은 변환이 자유롭다. 고정된 모습으로 인식했다간 뜻밖의 공격을 받게 된다.'

탄지로는 침착하면서도 힘 있게 발을 내디뎠다.

"해의 호흡… 원무."

그렇다. 더 이상 '히노카미 카구라'가 아니었다. 이것은 '해의 호흡'이다. 호를 그리듯이 칼을 내리친 다음, 그 흐름 그대로 재빠르게 '∞(무한대)' 모양을 그리며 좌우로 휘둘렀다.

"열일홍경."

칼을 좌우로 휘두른 힘을 사용해 지면을 차고 뛰어올랐다.

"화차."

탄지로는 무잔의 머리 위를 가볍게 뛰어넘어서, 뒤쪽으로 돌아가 무잔을 베려 했다.

'역시 연결된다.'

등 뒤에서의 공격은 무잔의 팔에 싱겁게 가로막혔지만, 한

가지 확신을 얻었다.

'그런 식으로 만들어진 거다.'

원무, 열일홍경, 화차가 막힘없이 연결됐다. 마치 춤을 추듯이.

'그런 거죠? 요리이치 씨.'

미소 짓는 요리이치의 모습이 눈앞에 떠올랐다. 탄지로의 마음에 더 이상 망설임은 없었다.

'연결할게요. 다음은 12가지 형태 전부를.'

시력이 남아 있는 왼쪽으로 칼을 끌어당기고, 허리를 숙여서 자세를 낮췄다.

그러자 칠흑으로 빛나는 일륜도의 도신이.

붉디붉은 태양의 색으로 바뀌었다!

귀멸의 칼날

제 11 화 역경의 문이 열리기 시작한다

무잔은 보았다. 붉게 색깔을 바꾸는 탄지로의 칼을.

'죽음의 문턱을 슬쩍 엿본 생물은 더욱 강인해진다는 걸 나는 알고 있다.'

등에서 9개, 다리에서 8개가 뻗어 나온 대롱. 거기에 팔. 그리고 무수한 입에 의한 흡입.

그것들을 전부 구사해서 무잔은 딱 하나 남은 도깨비 사냥꾼을 공격했다.

카마도 탄지로.

'죽음을 회피하기 위해서 보통은 살아가는 데에 불필요했던

감각과 힘의 문이 열리는 것이다.'

탄지로는 어마어마한 속도로 이동하면서 공격을 회피했다. 아니, 회피뿐만이 아니었다. 무잔을 향해 맹렬히 돌진해 왔다.

'그 문을 열지 못하는 자는 죽고, 그 문을 연 자는….'

누이동생의 힘에 의지하지 않고 검신을 붉게 물들였다.

이전에 상현4 한텐구를 보냈을 때 탄지로의 칼이 색깔을 바꿨지만, 그것은 누이동생이 혈귀술 '폭혈'로 칼을 뜨겁게 달궜기 때문이다. 하지만 지금은 달랐다.

'죽음의 문턱에서 문을 연 것인가.'

주들도 각자의 방식으로 검신을 붉게 물들였다. 그러나.

'못 미친다…. 까마득히 못 미친다, 너희는.'

그 남자에게.

그렇다. 수백 년 전에 마주쳤던 그 도깨비 사냥꾼에게는 도저히 못 미친다.

'그 남자의 혁도는, 참격은 **고작 이 정도가 아니었다**.'

탄지로는 쉴 새 없이 히노카미 카구라의 형태를 연결하려 시도했다.

입으로 화르륵 하는 숨을 토해 내면서 다리로 땅을 박찼다.

"햇무리의 용 두무!"

신속하게 적에게 접근해서, 용이 춤을 추는 것 같은 궤적으로 베었다. 거기서 발을 멈추지 않고 이번에는 공중제비를 돌아 무잔의 몸을 뛰어넘었다.

"화차!"

'6개… 연결했다. 이제야 겨우 절반.'

혼신의 힘으로 6개를 연결했어도 무잔의 힘은 조금도 쇠퇴하지 않았다. 흉흉한 양팔을 넓게 벌리고, 등의 대롱도 전개 중이었다. 그 몸속을 탄지로는 내비치는 시야로 봤다.

'뇌도, 심장도 빙글빙글 움직이고 있다.'

5개의 뇌, 7개의 심장은 마치 도망쳐 다니듯이 몸속에서 이동했다.

'공격에 떠밀려 칼날이 몸통까지 닿질 않는다.'

아무리 칼날을 휘둘러도.

'너무 빠르다. 폐를 두들겨 맞고 있는 것 같다… 사지가 뜯겨 나갈 듯이 아프다.'

따라잡지 못하겠다. 이쪽의 체력이 깎여 나갈 뿐이었다.

'심장이 파열된다.'

동트기까지 1시간 남았다.

'1시간….'

그렇게 생각한 순간, 내디딘 다리가 휘청 무너져 내려서 비틀거렸다.

"!!"

무잔은 그 틈을 놓치지 않았다. 이때다 하고 공격을 마구 퍼부었다.

투칵, 투칵!

공기를 가르는 대롱 여러 개를 공중제비로 간신히 피했다.

'집중하자. 지금 이 순간의 1초 외엔 생각하지 말자.'

검이 둔해진다. 손발이 둔해진다.

'1초다. 1초를 연결해라.'

동틀 때까지 그 1초를 반복해라.

"환일홍!"

공중제비 자세에서 몸을 고속으로 비틀어 참격을 피하고, 그 직후에 펼치는 것은 고속 회전 베기!

"작골염양!"

여기도 연결됐다. 연결되었지만….

'이미 기술의 정밀도가 떨어졌다.'

라고, 무잔은 탄지로의 움직임을 보며 냉정하게 간파했다.

'붉은 칼날도 금세 원래대로 돌아오고. 어차피 이 녀석도 이 정도밖에 안 되겠지.'

무잔의 머릿속에 또다시 그 남자의 모습이 나타났다.

츠기쿠니 요리이치.

몇 번이나 머릿속에서 떨쳐내려 해도, 그 도깨비 사냥꾼의 그림자가 자신을 따라다녔다.

'당연하다. 설마 **그런 것이**… 그렇게 자주 태어나겠어?'

무잔은 온몸에 돋아난 무기를 뻗어서, 탄지로의 몸을 사방팔방에서 에워쌌다.

다시 맹렬한 충격파….

퍼억!

탄지로가 쿨럭 하고 피를 토했다. 압력으로 몸이 뭉개지는 듯한 기분이리라.

곧바로 경화한 팔의 선단으로 머리를 노렸지만, 종이 한 장 차이로 놓치고 말았다. 이어서 입들로 공기를 빨아들여서 소용돌이를 만들어 공격했다. 하지만 탄지로는 이것 역시 피했다.

'?'

위화감을 느끼면서도 참격을 펼쳤다. 길고 날카로운 팔은 콰과광 하고 건물과 지면을 격렬하게 파괴했지만, 탄지로는 아슬아슬하게나마 그것을 피해 버렸다.

'? 뭐지?'

달리는 탄지로 쪽을 봤다. 붉은 칼을 어깨에 짊어지듯이 들고 있었다.

'여전히 저 움직임은 생기가 없고, 느리다.'

인간이라면 당연히 움직인 만큼 쌓인 피로가 족쇄가 된다.

'그런데도 나는 왜… 그 피폐해질 대로 피폐해진 다친 인간 한 마리의 숨통을 끊지 못하고 있는 걸까?'

그리고 다음 찰나에 무잔은 어떠한 사실을 깨닫고 표정을 굳혔다.

'틀렸다. 나도 느려진 것이다.'

어느 틈엔가 머리 위로 올라온 탄지로를 깜짝 놀라 올려다봤다.

'그러지 않고서야 1대 1 대결에서 이렇게까지 시간을 잡아먹을 리 없다. 두 번이나 숨통을 끊는 데에 실패할 리 없다.'

탄지로는 높이 뛰어올라 연신 칼을 휘둘렀다. 매섭게 공격을 퍼붓는데도 여전히 움직임을 막을 수가 없었다….

'원인은 그 계집임에 틀림없다.'

도깨비 타마요.

'집어삼킨 타마요의 세포가 실토하게 만들어야겠다.'

타마요라는 존재는 이제 없지만, 그녀의 세포는 무잔의 안에 흡수되어 있었다. 그렇다면 그녀를 심문하면 그만이다.

무잔은 순식간에 자신의 의식을 몸 내부로 잠입시켰다.

차츰 타마요의 의식이 파편이 되어 모이기 시작했다. 파편은 점토처럼 한데 엉겨붙었고, 이윽고 눈을 감은 여자의 머리통으로 변화했다.

'넌 무슨 짓을 한 것이냐?'

무잔이 지금 질문을 던지는 상대는 손바닥 위에 얹혀 있는, 타마요의 것으로 보이는 미완성의 머리.

하지만 이것은 무잔만이 보고 있는 정신세계, 환상이다. 탄지로에게는 보이지 않았다.

'나에게 쓴 약은 인간 회귀약이 아니었던 것이냐?'

무잔의 손바닥 위에서 머리는 차츰 형태가 자리 잡혀서 타마요로 바뀌어 갔다.

"너한테… 쓴 약은… 인간으로 돌려놓는 것…."

타마요가 눈을 떴다. 고양이처럼 세로로 긴 동공. 도깨비의 눈이었다.

"그리고…."

거기까지 말하더니 타마요는 말을 뚝 자르고 의기양양하게 미소 지었다.

"말 안 해 줄 거야. 쓸데없이 늘려 놓은 그 뇌를 써서 생각해 보지 그래?"

무잔은 타마요의 머리를 으직 으깨 버렸다. 그리고 주먹에 뚝뚝 흐르는 피를 그냥 놔둔 채로 재차 의식을 집중했다.

'세포에 남은 기억을 읽는다….'

어느 정경이 떠올라 눈앞에 재현되었다. 이것은 타마요의 세포가 지닌 기억.

그곳은 서양식 방. 청결하고 매우 조용했다.

책장에는 전문 서적이 가득 꽂혀 있고, 찬장에는 다양한 약품이 담긴 유리병들.

방 중앙에 놓인 넓은 책상에는 비커나 시험관 등의 실험도구, 그리고 현미경이 놓여 있었다.

그 현미경을 검은 옷을 입고, 나비 모양 머리 장식을 한 여자가 들여다보는 중이었다.

무잔은 잠깐 보더니 그게 누구인지 생각했다.

'이 여자, 인간인가…? 도우마가 잡아먹은 독 사용자.'

여자가 현미경 렌즈에서 얼굴을 들었다.

"약은 여러 개를 조합합시다. 분해되는 걸 전제로 진행해야 해요."

방에 있는 다른 한 명은 와이셔츠에 기모노와 검은 하카마를 겹쳐 입은 서생 같은 남자. 타마요가 도깨비로 만든 남자였다.

여자는 그가 건넨 약병을 받아들면서 말했다.

"첫 번째는 인간으로 돌려놓는 약. 그리고 그게 안 통할 경우, 남은 약이 더욱 강력하게 작용하도록 손을 쓸게요."

여자는 다시 현미경 렌즈를 들여다보더니, 밝은 표정을 지었다.

"두 번째는 노화약이 좋겠어요. 타마요 씨가 만든 **이거**라면 분당 50년, 무잔을 늙게 만들 수 있어요."

무잔은 큰 충격을 받았다. 믿기지 않은 말을 들은 것이다.

노화!!

'…그렇구나, 난 계속 노화되고 있었던 거야.'

세포에 남은 기억을 읽는다.
이 여자,
인간인가…? 도우마가 잡아먹은 독 사용자.
약은 여러 개를 조합합시다.
분해되는 걸 전제로 진행해야 해요.
첫 번째는 인간으로 돌려놓는 약.
그리고 그게 안 통할 경우,
남은 약이 더욱 강력하게 작용하도록 손을 쓸게요.

무잔이 일련의 정신세계에 들어가 있던 것은 전투 중의, 눈 한 번 깜빡일 틈도 없는 짧은 순간이었다. 칼을 휘두르는 탄지로는 아직 높이 뛰어올라 있었다.

'노화의 진행을 막기 위해 내 힘은 깎여 나가고, 하여 주를 포함해서 고작 **이 정도** 도깨비 사냥꾼을 처치하는 데에도 애를 먹은 거다.'

모든 것은 그 약 때문이었다.

'타마요가 나에게 약을 쓴 게 몇 시간 전이지?'

4시간… 아니, 5시간 가까이 전.

약이 듣기 시작할 때까지의 시간을 제하더라도, 3시간 넘게 작용한 셈이었다.

'말하자면 난….'

9천 년 늙었다!!

무잔은 경악해서 일순, 정말 잠시나마 움직임을 멈췄다.

하얗게 샌 머리카락이 모래 먼지를 품은 바람에 나부꼈다.

'좀 더 빨리 깨달았어야 했다. 두발 색깔이 돌아오지 않고 있다는 걸.'

그때였다. 붕괴된 건물 위에서 까마귀가 외쳤다.

"*까아악! 동틀 때까지 59분!!*"

"!"

무잔이 눈을 부릅떴다. 앞으로 1시간도 안 돼서 태양이 떠오른다….

한편, 탄지로의 움직임은 도중에 끊기는 법이 없었다.

"해의 호흡… 비륜양염!"

내리쳐진 일륜도가 아지랑이처럼 하늘하늘 요동쳐서, 무잔은 칼날의 길이를 미처 가늠하지 못했다. 그 틈을 놓치지 않고 힘차게 발을 내디뎌서 무시무시한 속도로 칼을 휘둘렀다.

"휘휘은광!"

그 궤적이 화염의 소용돌이가 되어 무잔을 에워쌌다. 이 동력이 꺼지기 전에.

"푸른 비단 하늘!"

칼이 힘차게 원을 그렸다. 그야말로 일륜과도 같은 윤곽이었다. 강렬한 일격을 주는 동시에.

"화차!"

공중제비를 돌아서 무잔을 뛰어넘었다. 등 뒤로 돌아 들어가 '허점의 실'을 더듬어서 고속으로 '∞' 모양을 그리는 참격을 펼쳤다.

"열일홍경!"

무잔에게서 뻗어 나오는 많은 무기, 많은 뇌와 심장을 베려면 더 많은 참격이 필요했다.

"염무!"

반원 형태의 참격을 가로와 세로로 연속해서 날렸다.

부아가 치민 무잔이 고함을 내지르며 무시무시한 팔을 휘둘렀다.

"쫄랑쫄랑 뛰어다니지 마!!"

팔은 낫 같은 예리함으로 탄지로의 머리를 반으로 베었지만, 그것은.

"환일홍…."

단순한 잔상. 탄지로는 이미 그 위치를 벗어나 무잔의 등 뒤에 있었다. 거기서 고속으로 칼을 내리쳤다.

"원무!"

하지만 무잔의 반응도 빨랐다. 팔과 대롱으로 계속해서 공격했다. 그것들이 어디를 노리는지를 정확히 예측하기란 어려웠다. 탄지로는 공격이 자신에게 닿을 아슬아슬한 거리에서 뛰어올랐다.

"사양전신!"

공중에 거꾸로 떠 있는 상태로 칼을 휘둘렀다. 그런 다음 착지하자마자.

"작골염양!"

고속 회전하는 칼로 덮여 오는 팔과 대롱을 절단했다.

지금이라면 무잔의 코앞까지 전진할 수 있을 것 같았다. 탄지로는 마치 용이 춤을 추는 듯한 움직임으로 재빨리 접근해서 강렬한 참격을 넣었다.

"햇무리의 용 두무!"

전에 이 기술을 사용했을 때, 탄지로의 일륜도는 네즈코의 혈귀술로 붉게 변화된 상태였다. 하지만 지금 이 혁도는 탄지로만의 힘으로 만들어진 것이었다.

맹공에 밀리고 있는 무잔을 향해 마지막에는 찌르기 일격을 가했다.

"양화돌!"

'연결…되었다!! 12개!!'

탄지로는 일륜도를 머리 옆으로 끌어당겨 들고, 그 칼끝을 무잔에게 겨눴다.

열일홍경,
염무.
쫄랑쫄랑 뛰어다니지 마!!
환일홍.
원무.
사양전신.

햇무리의
용두무,
작골염양,
양화돌.
연결…
되었다!!
12개!!
반복해라,
이 12개의 회전을!!
동이 틀 때까지!!
더 빠르게,
더 정확하게,

아직 이것이 처음으로 완성한 1회였다. 12개 형태를 연결한 1회째. 시작에 지나지 않았다.

더 빠르게, 더 정확하게.

반복해라, 이 12개의 회전을!!

동이 틀 때까지!!

귀멸의 칼날

제 12 화 작열의 상처

시간은 조금 거슬러 올라간다.

실신 상태에서 부활한 탄지로를 배웅한 다음, 유시로와 타케우치, 무라타는 가장 전투가 격렬했던 장소로 달려갔다. 무잔의 충격파가 검객들을 날려 버리고, 주변 일대를 처참하게 파괴한 장소였다.

세 사람이 달리고 있는데, 큰길의 구석에서 "갸르릉." 하는 고양이의 신음소리가 들렸다.

잘 보니 챠챠마루가 땅바닥에서 바둥바둥 움직이는데… 몸이 산산조각 나 있었다.

"챠챠마루! 괜찮아?"

유시로가 몸을 주워서 무릎 위에 올리고는 머리와 몸통을 꾹 눌러서 붙였다. 그러자 상처가 금세 이어 붙었다.

타케우치와 무라타가 입을 떡 벌렸다.

"그그그, 그 고양이도 도깨비야? 대단하다."

"결전 직전에 도깨비로 만들어 놨어."

타마요가 도깨비로 바꿔 놓았다. 약을 공동 개발할 때, 시간이 없는 와중에도 간신히 한계 직전까지 힘을 써서 도깨비로 만드는 데 성공했다.

"그보다 뭘 그렇게 멍하니 쳐다보고 있어?"

유시로가 두 사람을 매섭게 노려봤다.

"가서 다 죽어 가는 녀석들이나 치료해. 너희, 정말 쓰레기구나?"

"아앗~!! 맞다. 큰일 날 뻔했네, 큰일!"

타케우치와 무라타가 서둘러 쓰러져 있는 검객들의 구조에 나섰다. 타케우치가 이노스케를 발견했다.

"괜찮아? 멧돼지!!"

피범벅이 되어 엎어져 있는 이노스케에게 주사기로 약을 주입했다.

"혈청, 혈청."

그렇다. 이 세 사람은 무잔의 독을 약화시키는 혈청을 가지고 있었다. 챠챠마루가 가방으로 발사한 것과 같은 약이었다.

무라타는 카나오를 간호 중인 은 대원 고토를 발견해 달려갔다.

"혈청 안 맞은 사람은 아가츠마랑 멧돼지랑 츠유리 씨 세 명이지~?!"

고개를 홱 돌려서 큰 소리로 타케우치에게 확인한 다음, 황급히 주사기를 고토에게 내밀었다.

"이이, 이것 좀 부탁해."

"뭔데요, 이게?"

고토가 당황했다. 다른 대원들은 혈청 주사의 존재를 아직 몰랐다. 무라타는 간단한 설명 후에 주사기를 맡기고는 다음 부상자를 향해 달려갔다.

유시로는 히메지마의 커다란 몸 옆에 쭈그려앉아 애타게 이름을 불렀다.

"히메지마! 내 말 들려? 히메지마!!"

대답이 없었다. 하지만 살아는 있었다.

히메지마는 건물 외벽에 기대어 앉은 자세로 기절한 상태였다. 분명 맹렬한 힘에 의해 튕겨난 것이리라. 히메지마가 격돌한 외벽은 무너져서 구멍이 뚫렸다.

심지어 왼쪽 다리는 허벅지 아래가 없었다. 출혈도 심각했다.

'큰일이다… 이 다리는 큰일이야….'

유시로는 지혈용 천을 꺼내 절단면을 단단히 묶었다.

'설령 의식이 돌아오더라도 실혈과 평형 감각이 결여되어 싸우는 건 절대 불가능해.'

귀살대 안에서도 최강이라 불리는 검객이 전선을 이탈하게 된다. 유시로는 히메지마의 목에 손가락을 대서 맥박을 확인한 다음, 추가 혈청을 주사했다.

'50분 넘게 남았는데 이 녀석이 당하다니…. 탄지로 혼자선 무리야.'

문득 그의 머릿속에 생글생글 미소 짓는 타마요의 모습이 떠올랐다. 유시로가 마음을 의지할 수 있는 사람은 지금까지도, 그리고 앞으로도 타마요밖에 없었다.

'타마요 님….'

"탄지로를 지켜 주세요."

깨닫고 보니 그렇게 중얼거리고 있었다.

"어떻게든 꼭 지켜 주세요. 제발 부탁입니다."

바쁘게 응급 처치를 계속하는 유시로의 눈에는 어느샌가 눈물이 고여 있었다.

그 탄지로는 지금, 홀로 무잔과 싸우고 있었다.

해의 호흡의 12가지 형태를 연결해, 혼자서 칼날을 휘둘렀다. 그러나 무잔의 공격 범위는 넓어서 접근하는 것부터가 큰 난제였다.

채애앵!

공중에서 무잔을 노린 탄지로의 칼이 튕겨 나갔다. 그 직후에 입으로 공기를 흡입해 일대를 도려내는 공격까지 바로 이어졌다.

콰과광!

탄지로는 뒤로 펄쩍 뛰어서 직격을 피했다.

'기술은… 연결하기만 한다고 능사가 아니다. 심장과 뇌를 정확하게 노려야 해.'

형태를 연결하는 것에 정신이 팔려 있으면, 노려야 할 표적을 놓치고 만다. 몸속을 이리저리 움직이는 7개의 심장과 5개의 뇌. 잘 관찰해서 그 위치를 파악해야 했다….

'더욱 집중해서 내비치는 세계로 들어가자.'

그런데 탄지로의 시야는 예민해지기는커녕 점점 어두워졌다.

"?!"

마치 눈에 먹물이 부어진 것처럼 캄캄해져서 보이는 범위도 좁아졌다.

'안 보인다…!!'

끝내 눈앞이 완전히 새카매지고 말았다.

'산소 결핍…!!'

격렬한 호흡과 움직임을 되풀이한 탓에 뇌로 가는 산소가 부족해지고 만 것이다. 암흑 속에서 탄지로는 자신을 타일렀다.

'진정해!! 냄새로 포착해! 괜찮아. 틀림없이 할 수 있어!! 동틀 때까지….'

무잔의 참격이 엄습해 오는 것이 느껴졌다. 그것을 피했지만, 발이 미끄러지면서 중심을 잃고 말았다.

'이런, 발밑이…!!'

무잔의 팔이 바로 저 앞까지 왔다. 냄새로 알 수 있었다. 이대로 가다간 정통으로 맞게 된다….

하지만 다음 순간, 신기한 일이 벌어졌다.

탄지로의 몸이 뭔가에 휘감겨서… 아니, 누군가에게 안겨서 공중에 높이 떠오른 것이다. 그 인영(人影)은 거대한 뱀처럼 강한 힘으로 탄지로를 단단히 안은 채, 건물 외벽을 발판 삼아 뛰었다.

그 뒤에서 "…저 반송장이."라고 말하는 무잔의 목소리와 공격의 소리가 쫓아왔다.

탄지로의 시야가 조금씩 열렸다. 아직 가슴은 괴로워서 가쁜 숨을 헐떡였지만, 산소 결핍이 점점 회복되기 시작한 것이다.

'누군가가 구해 주었다…!! 이 냄새….'

부활한 시야 속에 누군가가 있었다.

검고 긴 머리카락. 줄무늬 두루마기. 목에 감겨 있는 흰 뱀….

'시각이 돌아오고 있어…. 이 무늬….'

탄지로를 안고 건물 벽과 창틀을 박차며 질주하는 사람은 이구로.

"이구로…."

그러나 그의 얼굴이 보인 순간 탄지로는 말문이 턱 막혔다.

이구로의 얼굴은 갈기갈기 찢어 발겨져 있었다. 깊게 베인 두 줄의 상처는 양쪽 눈 위를 가로질러서 피가 줄줄 흘렀다. 이래서는 아무것도 보이지 않을 터였다.

"이구로 씨, 두 눈이…!! 날 감싸는 바람에."

"아니야! 그보다 훨씬 전에 당한 거야. 넌 왜 자꾸 남 걱정만 하냐, 시끄럽게."

이구로가 단호하게 반박했다.

그러는 동안에도 무잔의 추격이 두 사람을 덮쳤다. 탄지로는 조금이라도 이구로에게 도움이 되고 싶어서 소리쳤다.

"이구로 씨! 제가 엄호하며 싸울게요!"

"난 원래부터 오른쪽 눈이 약시라 거의 안 보였어."

그 말투는 무척이나 침착했다.

"네 시중 따윈 필요 없다. 내 곁엔 카부라마루가 있으니까."

카부라마루가 스르륵 고개를 들어서 이구로의 얼굴에 난 상처를 가리듯이 앞으로 쑥 나왔다. 마치 "너의 눈이 될게."라고 말하는 것 같았다.

"카부라마루…."

이구로가 이름을 부르자, 카부라마루는 빨간 혀를 날름거리면서 "샤~악!" 하고 대답했다.

"회복됐지? 놓는다."

"아, 네!"

탄지로는 그렇게 대답한 직후, 뒤쪽 아래에서 살기를 느껴서 그쪽을 돌아봤다.

"!!"

무잔이 바짝 추격해 왔다. 이제는 팔과 대롱으로 노리기만 하는 것이 아니라, 스스로 공중에 뛰어올라 쫓아오고 있었다. 적을 감지한 이구로는 곧바로 탄지로의 몸을 놓고 맞서 싸웠다.

콰과과곽!

공중에서의 공방전. 무잔의 참격과 이구로의 칼이 격하게 충돌했다.

불안정한 자세로 추락하는 탄지로의 입에서 반사적으로 "우앗…!!" 소리가 새어 나왔다. 떨어지면서 무잔 쪽을 쳐다봤다.

무잔은 눈을 치켜뜨고, 미간은 잔뜩 찡그리고, 송곳니를 훤히 드러낸 얼굴로 이구로를 추격 중이었다.

더 이상 지금까지와 같은 침착함을 유지하기는 어려운 것이리라. 그 얼굴은 격렬한 분노로 가득 차 있었다.

콰아아앙!!

폭음이 공기를 갈랐다. 그와 동시에 굳건한 건물에 거대한 구멍이 뚫렸다. 무잔이 팔을 한 번 휘둘러서 도려낸 것이다. 구멍은 건물을 완전히 관통해서 반대편이 훤히 보였다.

폭풍을 정통으로 맞은 이구로가 나선을 그리며 공중에 떠올랐다.

"이구로 씨!!"

추락하는 탄지로는 그렇게 외치면서 칼이 닿는 범위의 공격을 쳐냈다.

그러나 공중에 있는 이구로는 조금도 위축되지 않았다. 두루마기를 나부끼면서 자세를 재정비했다.

카부라마루가 앞쪽을 확인한 다음 이구로의 이마에 몸을 슈루룩 갖다 댔다. 무잔의 위치를 알려 주고 있는 것이다. 이구로는 단숨에 공격을 펼쳤다.

이구로의 움직임을 본 무잔은 퍼뜩 깨닫고 이마에 핏대를 올렸다.

'뱀이 상황을 전달하고 있나?'

시력을 빼앗았음에도 저 도깨비 사냥꾼이 정확한 참격을 날릴 수 있는 이유는 바로 그것인가.

'저런 축생한테 내 공격이… 읽히고 있다고?'

그때, 지상에서 외치는 목소리.

"안 돼…!!"

탄지로였다. 저 지긋지긋한 남자. 무잔은 지상을 향해 팔을 휘둘렀다. 하지만 머리 위에서는 위협하는 듯한 뱀의 목소리.

"샤아아악!"

소리와 함께, 줄무늬 두루마기의 도깨비 사냥꾼이 종횡무진으로 칼을 휘둘러 엄습해 왔다. 그 움직임은 아주 매끄러웠다.

'설사 신체의 결손을 상정하고 훈련했다 해도, 저만큼 다친 인간을 한 방에 못 죽이다니.'

노화약의 영향….

타마요가 만든 그 약. 분당 50년씩 늙는다.

'아직도 분해하지 못했나? 그쪽을 복구하느라 체력을 빼앗기고 있다.'

무잔은 앞쪽을 노려보면서 거슬리는 도깨비 사냥꾼들을 향해 무기를 내리쳤다.

쾅, 쾅!

무잔의 팔과 대롱, 그리고 흡인이 만들어 내는 충격파가 차례차례 건물을 파괴해 갔다. 탄지로는 그 사이를 헤치고 나아갔다.

'분명 모두의 공격이 무잔을 약화시켰을 거다.'

히메지마와 기유, 사네미, 미츠리가.

젠이츠, 이노스케, 카나오가.

조금씩 공격을 거듭해서 몰아붙였다. 몇 번이고, 몇 번이고.

'무잔의 냄새는 점점 변화하고 있어.'

그런데도 여전히 이만한 위력…!!

'산소 결핍을 면하는 게 고작이라 투명한 세계로는 들어갈 수 없다.'

지금 움직일 수 있는 사람은 탄지로와 이구로 둘뿐.

'2대 1인데도 여전히 힘들어!! 어떻게든 현 상황을 타파해야 돼.'

무잔의 모습을 쫓아 달렸다.

'벌써 이구로 씨가 날 몇 번이나 구해 주셨다. 나도 이구로 씨를 도와야 해….'

전방에 있는 무잔을 주시한 탄지로는 문득 어떤 사실을 깨달았다.

'? 뭐지, 저건? …무잔의 몸.'

피부에 무수한 흉터가 떠오르기 시작한 것이다.

등에, 가슴에, 팔과 다리에. 목과 얼굴에까지.

무잔의 몸은 깊게 베인 것 같은 흉터들로 가득했다. 무잔 본인도 이를 알아차리고 자신의 몸을 살펴보고 있었다.

'상처…? 해묵은 흉터다.'

탄지로의 귀고리가 흔들리면서 찰랑 소리를 냈다.

'알았다, 저건….'

요리이치 씨가 낸 상처다.

'치유되지 않은 거야. 무려 수백 년이나… 무잔의 세포를 계속 불태운 거야.'

저 상처는 고스란히 무잔의 취약한 부위다!!

요리이치 씨가 우릴 인도해 주고 계셔…!!

갑자기 떠오른 해묵은 흉터는 무잔에게도 요리이치를 떠올리게 했다.

'그자는 당초, 나약해 보였다.'

상처…?
해묵은 흉터다.
알았다. 저건,
요리이치 씨가 낸 상처다.
치유되지 않은 거야. 무려 수백 년이나
무잔의 세포를 계속 불태운 거야.
저 상처는 고스란히 무잔의 취약한 부위다!!
요리이치 씨가 우릴 인도해주고 계셔…!!

패기도, 투기도, 미움도… 살의도 없는.

'그런 자가 내 목을 치고 내 몸뚱일 도륙 낼 줄은.'

상상도 하지 못했다. 요리이치의 눈동자는 처음부터 끝까지, 정적만이 깃든 채였다.

'심지어 그 상처가… 무려 수백 년이나 햇빛처럼 내 살을, 세포를 계속 불태울 줄은.'

설령 신이나 부처인들 예상이나 했을까.

엉터리 같은 전래동화라고밖에는 상상할 수 없다.

진짜 괴물은 그 남자다.

'내가 아니라!!'

무잔은 상처 입은 짐승처럼 콧잔등에 주름이 잡히도록 송곳니를 훤히 드러냈다.

무잔의 초조함은 탄지로에게도 전해졌다.

'상처를 감출 수 없게 되었다. 가릴 수 없게 된 거야. 무잔은 확실하게 약해졌다.'

쉴 새 없이 칼을 휘두르면서 탄지로는 확신했다.

다 같이 연결한 1초가 무잔을 여기까지 몰아넣었다.

'다들, 다들…!!'

위쪽을 올려다보니 이구로와 카부라마루가 높은 위치에서 무잔을 겨냥하고 있었다.

'꼭 쓰러뜨릴게. 내가 끝까지 제대로 싸울게.'

스스로에게 용기를 북돋아 준 다음, 시선을 떨궈서 다시 무잔의 몸으로 의식을 되돌렸다.

'상처가 움직인다…!! 저 자리에 심장과 뇌가 있는 게 틀림없다. 공격에 떠밀려 투명한 세계를 감지할 수 없어도 급소를 노릴 수 있다.'

무잔의 몸에 새겨진 무수한 흉터는 마치 표적처럼 움직였다. 탄지로는 이를 악물었다. 무잔의 간격으로 미끄러져 들어가고자 전력으로 달렸다.

'이구로 씨의 눈부터 어떻게 해야 돼!!'

카부라마루의 도움도 한계가 있다.

'어떡하지…? 어떡하지…?!'

앞으로 한 발짝이면 무잔을 쓰러트릴 수 있었다. 이구로를 도울 수 있다면 그 한 발짝이 열릴 터….

'그래, 눈은…!! 유시로 씨의 눈이 있지…!! 저걸 주우면….'

그때, 상공에서 카랑카랑한 목소리가.

"동틀 때까지 40분!!"

종이눈을 몸에 붙인 꺾쇠 까마귀. 하지만 그 목소리가 울려 퍼진 직후였다.

타앗!!

또다시 격렬한 충격파가 방출되었다.

"!!"

폭풍이 불어 닥쳐서 탄지로는 반사적으로 눈을 가늘게 떴다.

그런데 고개를 들어 보니, 지금까지 눈앞에 있던 무잔이 사라져 있었다. 방금 방출한 충격파는 공격이 아닌, 도망을 위한 것이었다. 그 모습은 이미 멀어져서, 탄지로와 이구로에게 등을 돌린 채 달려가고 있었다.

'뛰어서 달아나…?!'

믿을 수 없었다. 탄지로는 무잔을 쫓으며 소리쳤다.

"도망쳤다!! 도망쳤어요, 이구로 씨. 무잔이 도망쳤어!!"

"?!"

발을 멈춘 이구로가 카부라마루와 함께 탄지로의 목소리가 들리는 방향으로 고개를 돌렸다.

'도망…!!'

놀라기는 했지만, 금세 냉정을 되찾고 생각했다.

'그래, 당연한 일이지. 무잔은 긍지 있는 무사도 아니고, 감정적으로 행동하는 인간도 아니니까.'

무잔은 **사는 것에만** 집착하고 있는 생명체.

이제 곧 동도 트고 목숨이 위협당하면, 도망치는 것에도 일절 거부감이 없을 것이다.

전속력으로 달리는 탄지로였으나, 무잔과의 거리는 계속해서 벌어질 뿐이었다.

'아앗…!! 제기랄!! 점점 멀어지고 있다. 따라잡을 수가 없어.'

등에 돋아난 9개의 대롱들이 출렁출렁 흔들리게 놔두면서, 무잔은 주저 없이 달렸다.

'이럴 수가… 이럴 수가!!'

지는 건가? 이런 식으로 지는 건 너무 잔인하다.

'모두의 목숨이 헛되이 날아가 버린다…!!'

무잔은 시가지의 큰길을 달렸다.

그의 발밑에는 수많은 대원들의 시신이 굴러다니고, 그들의 일륜도도 이곳저곳에 떨어져 있었다.

겨우 1시간 정도 전에 "주를 지켜라."라며 싸우다 죽어 간

무잔은 사는 것에만 집착하고 있는 생명체.
이제 곧 동도 트고 목숨이 위협당하면, 도망치는 것에도 일절 거부감이 없을 것이다.
아앗…!! 제기랄!!
점점 멀어지고 있다. 따라잡을 수가 없어.
이럴 수가…, 이럴 수가!!
지는 건가? 이런 식으로 지는 건 너무 잔인해.
모두의 목숨이 헛되이 날아가버린다…!!

대원들의 시신이었다.

무잔은 그 한복판을 달려갔다. 그들의 팔과 다리가 밟히고, 머리통이 발길에 차였다. 굽이치는 대롱에 휘감긴 시신은 인형처럼 튀어 올랐다.

그 광경을 목격한 탄지로의 분노는 끝내 폭발했다.

'주검을 짓밟고….'

분노의 눈물을 흘리면서, 무잔의 등을 노려보고 뒤쫓았다. 놓칠까 보냐. 재빨리 바닥에 떨어져 있는 대원들의 일륜도를 주워 모아 무잔을 향해 던졌다.

살기를 느낀 무잔이 뒤를 돌아봤다. 던진 5개의 칼을 눈 깜짝할 사이에 쳐냈다.

그러나 탄지로는 포기하지 않았다. 칼을 주울 수 있을 만큼 주웠다. 자신의 칼은 입에 물고, 빈 양손을 사용해서 다시금 혼신의 힘으로 투척했다.

무잔은 등 뒤에서 날아오는 칼을 지긋지긋하다는 눈빛으로 쏘아봤다.

'끈질긴 버러지들. 털어내고, 또 털어내도 계속 들러붙는다.'

대롱을 휘둘러서 쳐내고, 계속해서 도망쳤다.

'지금은 참격보다도 몸속 깊숙이 칼이 관통하는 게 더 위험해.'

하지만 그는 뒤쪽만을 신경 쓰느라 머리 위에서 엄습해 오는 인영을 알아차리지 못했다.

콰악!!

극심한 충격과 함께 무잔은 앞으로 고꾸라져서 땅바닥에 한쪽 무릎을 꿇었다.

위에서 떨어진 이구로가 그 가속까지 사용해서 목을 칼로 꿰뚫은 것이다.

구불구불한 붉은 일륜도는 경추부터 수직으로 관통해 목을 뚫고 나왔다.

곧바로 대롱을 휘둘러 등 뒤에 있는 이구로를 떨쳐내려 했지만, 일어설 새도 없이 앞쪽에서 탄지로의 홍염 같은 참격이 덮쳐 왔다.

탄지로는 이구로를 향해 손을 뻗었다.

"이구로 씨, 이걸! 받아 주세요!!"

도중에 주운 2장의 종이눈이었다.

"카부라마루와 시각을 공유해서…."

그러나 그때, 무잔의 강렬한 충격파가 방출됐다.

콰과앙!!

지면이 갈라지고, 주위의 건물이 파괴됐다. 탄지로와 이구로는 완전히 피하지 못하고 그 공격을 맞고 말았다.

"콜록!"

"크…!!"

피를 토하는 탄지로. 이구로도 그 자리에 쓰러졌다. 지금 받은 충격 때문에 탄지로는 반사적으로 손을 벌렸다. 종이눈은 공중으로 하늘하늘 떠올랐다.

'아앗, 종이가…!!'

"이구로 씨, 큰 걸음으로 세 발짝 오른쪽으로 뛰세요!!"

"!!"

탄지로의 지시를 따라 이구로는 오른쪽으로 펄쩍 뛰었다.

'탄지로가 던진 물건이 어디 있는지 모르겠다. 너무 작아…!!'

자신을 향해 뭔가를 던진 듯했지만, 소리도 나지 않고 기척도 없었다. 들려오는 것은 탄지로와 무잔이 격렬한 공방을 벌이는 소리뿐이었다.

“카부라마루, 부탁해…!!”

그 외침에 응답한 카부라마루는 재빨리 몸을 뻗어서, 공중에 흩날리는 종이눈 2장을 입으로 덥석 낚아챘다.

그와 동시에 화악 하는 참격의 소리가 들려왔다. 탄지로가 칼을 휘두르는 소리였다.

‘놓치지 않아!!’

카부라마루에게서 받아든 종이눈을 이마에 붙이고, 이구로는 다시금 달리기 시작했다.

“탄지로… 고맙다.”

종이눈 덕분에 이구로의 오감이 완전히 변화했다. 카부라마루와 시각을 공유해서 주변 상황을 알 수 있게 된 것이다. 무잔의 대롱이 그야말로 지금 탄지로를 덮치려 했다.

“!!”

이구로는 즉시 뛰어들어서 칼을 휘둘렀다. 마치 거대한 뱀이 먹잇감을 꽉 조이는 것 같은 복잡한 궤도를 그렸다. 종이눈을 손에 넣은 지금, 다시 원래대로 움직일 수 있게 되었다.

‘보이는 방식은 인간과 다르지만, 시각은 트였다.’

이것은 언제나 카부라마루가 보는… 뱀의 눈으로 본 세상.

하지만.

'한결 싸우기 편해졌어!!'

이구로는 탄지로에게 소리쳤다.

"협공!! 항상 협공하듯이 덤벼들어!"

지금 가장 피해야 하는 상황은 무잔이 도망치는 것이었다. 도주로를 봉쇄해야 했다.

"절대 여기서 놓치면 안 돼! 우리 둘이라면 할 수 있어!!"

"네!!"

한편 무잔은 필사적으로 찾았다. 도주로를.

'끈질기다. 언제까지고, 끝도 없이.'

저 지긋지긋한 해의 호흡의 사용자도.

'비켜. 내 길을 막지 마.'

시력을 잃고도 칼을 휘두르는 도깨비 사냥꾼도. 방해하지 마라.

하지만 그때 무잔은 자신의 몸에 찾아온 이변을 눈치챘다.

호흡이 몹시 흐트러졌다. 숨을 쉴 때마다 "헉, 헉." 하고 어깨가 들썩였다.

'숨이 차다…!!'

체력의 한계가 다가오고 있었다.

끈질기다.
언제까지고,
끝도 없이.
헉
비켜.
내 길을
막지 마.
헉
헉
숨이
차다…!!
체력의 한계가
다가오고 있어.
나의 이
육체에ー!!
헉
헉

헉
헉
헉
헉
헉

'나의 이 육체에…!!'

그리고 또 한 명.

가쁘게 숨을 몰아쉬는 사람이 여기에도 있었다.

"헉, 헉, 헉."

네즈코였다.

산을 뛰어내리고, 숲을 헤치고 달려서… 1시간 가까이 쉴 새 없이 달린 끝에 간신히 이곳에 도착했다. 이마와 뺨에 땀이 줄줄 흘렀다.

고지대에서 먼 곳을 내다보니, 어둠 속에 한 점만 환하게 떠오른 시가지.

"헉, 헉."

네즈코는 오른눈을 손바닥으로 가리고 멍하니 시가지를 바라봤다.

그 손을 천천히 뗐다.

드러난 오른눈은… 인간의 눈이었다. 한쪽 눈만 인간의 것으로 돌아와 있었다.

네즈코의 오른눈에서 눈물이 또륵또륵 흘러내렸다.

인간의 마음이 흘리는, 인간의 눈물이.

귀멸의 칼날 노벨라이즈 ~최종 결전과 네즈코의 각성 편~ 끝

이 소설은 『귀멸의 칼날』(21권~22권)까지의
내용을 담았습니다.

귀멸의 칼날 노벨라이즈
~최종 결전과 네즈코의 각성 편~

2025년 9월 10일 초판 발행

저자 하노 마키미 | **원작·일러스트** 고토게 코요하루 | **옮긴이** 김시내
발행인 정동훈 | **편집인** 여영아
편집 팀장 김은실 황정아 | **편집** 노혜림
발행처 (주)학산문화사 | 서울특별시 동작구 상도로 282 학산빌딩
편집부 02.828.8838(전화) | **영업부** 02.828.8986(전화)
홈페이지 www.haksanpub.co.kr | **등록** 1995년 7월 1일 | **등록번호** 제3-632호

ISBN 979-11-411-6799-8 04830
ISBN 979-11-6947-799-4 (세트)

값 8,000원

미술 소녀×미술 소년의
청춘 그라피티!
미술부원이라는 이유로
학교 비품 제작을 떠맡은 신타로.
익숙하지 않은 공구 작업을 하다 보니
아주 무섭게 생긴 여자아이가
이쪽을 노려보는데…!
그녀는 신타로의 톱을 빼앗더니
현란한 손놀림으로 판자를
자르기 시작한다…!!
0.5인분의 연인
HANNINMAE NO KOIBITO
©2023 by Daichi Kawada/SHUEISHA Inc.
(주)학산문화사

THE RAMPARTS OF ICE THE RAMPARTS OF ICE THE RAMPARTS OF ICE

THE RAMPARTS OF ICE THE RAMPARTS OF ICE THE RAMPARTS OF ICE THE RAMPARTS OF ICE

얼음 성벽

<정반대의 너와 나> 아가사와 코차 작가가 그리는
개성 가득한 네 명의 복잡한 청춘 스토리!

사람을 대하는 게 서툴러서
타인과 자신 사이에 벽을 세우고 마는 히카와 코유키.
고등학교에서 누구와도 어울리지 않고 혼자서 지내 왔지만,
어째선지 성큼성큼 거리를 좁혀 오는 아마미야 미나토와 만나는데…?

(주)학산문화사 발행

THE RAMPARTS OF ICE

eXtreme novel

학산문화사